진실

真実

[上]

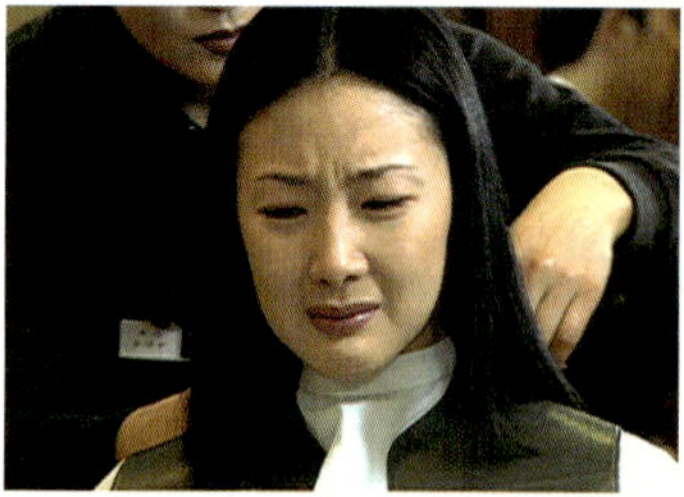

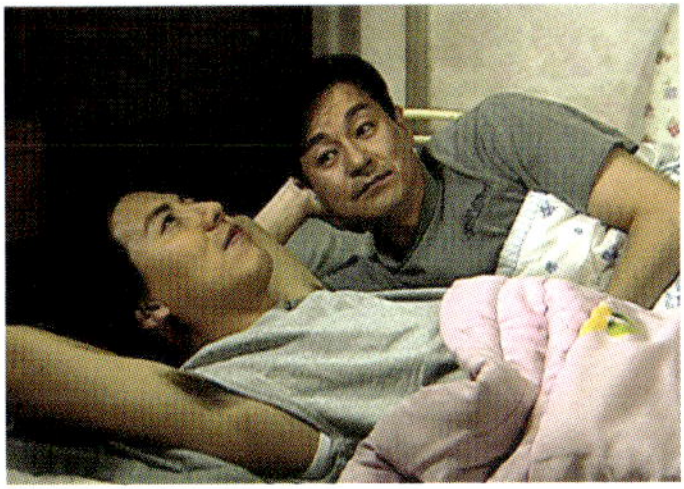

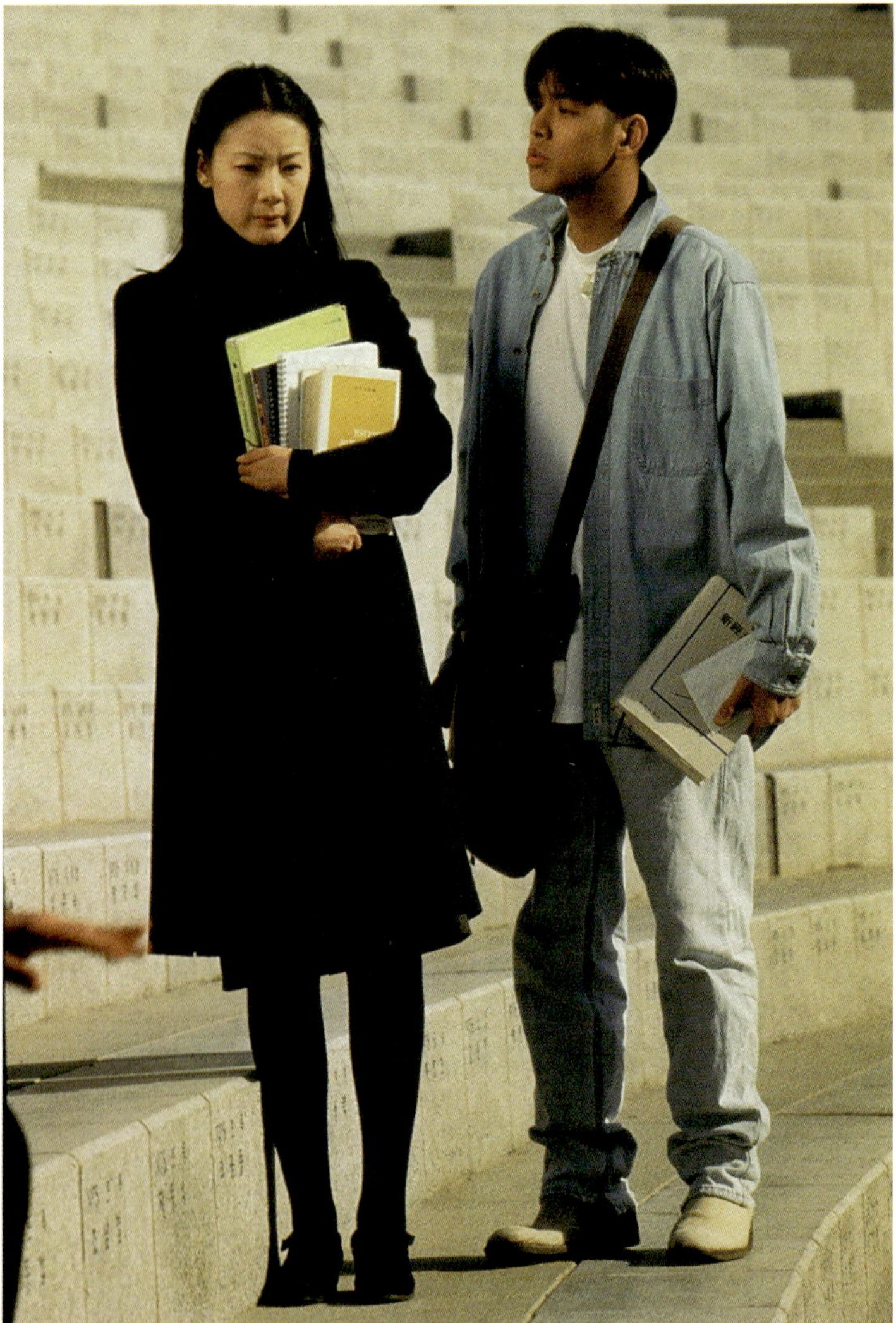

Hang-Ryu ENTERTAINMENT BOOKS

真実

[上]

キム・イニョン[脚本]
入間 眞[著]

Truth
진실

竹書房文庫

CONTENTS

序　章……7
第一章　学歴コンプレックス……13
第二章　替え玉受験……49
第三章　運転手の娘……89
第四章　三角関係……127
第五章　新しい恋……165
第六章　二人を引き裂いて……201
第七章　ジャヨンに近づくな……239
第八章　別れてほしい……277

主な登場人物

イ・ジャヨン……国会議員であるシニの父の雇われ運転手の娘。英語の同時通訳者になる夢を叶えるべく、貧しい生活の中で必死に勉強している。

イ・シニ…………裕福な家庭で何不自由なく育ってきたお嬢様。勉強が出来ないのが唯一のコンプレックス。幼い頃からヒョヌに想いを寄せている。

チョン・ヒョヌ…財閥総帥の御曹司。温厚で親しみやすく、正義感が強い性格。ジャヨンに一目惚れし、親の反対にあっても一途に愛する。

パク・スンジェ…優等生であったが家が貧しく、警備会社で学費を稼ぎながら大学へ通い、経済学を学んでいる。

チェ・ジュニョプ…イ議員の政治活動を手伝う補佐官。ジャヨンの貧しくとも健気に生きる姿が自分の幼い頃と重なって見え、彼女を支える。

イ・ヨンチョル…ジャヨンの兄。情が厚く義理堅いが、喧嘩っ早いため、よく問題を起こす。

イ・テクチュン…シニの父。国会議員。ソウルの市長選出馬を控えている。

シニの母親………学歴コンプレックスがあり、娘のシニをなんとか一流大学に入学させたいと願う。

ジャヨンの父親…イ・テクチュンの雇われ運転手。

ジャヨンの母親…見えっ張りで短気な性格。

チョン・ウンシル…ジャヨンの中学時代の友人。

イ・ジョンヒ……シニの妹。

真実［上］

T r u t h

序章

イ・ジャヨンは、助手席で前方から流れくる暗い国道を不安な気持ちで見つめていた。

夜半から降り出した雪が、折からの風に煽《あお》られてフロントガラスを叩いている。そのため、ヘッドライトを点灯していても視界は悪く、運転には細心の注意を払わなくてはならないはずだ。ところが、横でハンドルを握るシニはといえば、まったくお構いなしにいつも以上に楽しげな様子で愛車を飛ばしている。

彼女が陽気なのは、一つには三人が仲直りできたため。そして、もう一つはお酒のせい。

それを思うと、ジャヨンは気が気ではなかった。さきほどシニはコンソールボックスからCDを取り出そうとして、危うく反対車線に飛び出すところだった。酔ってなどいないと彼女は言い張ったが、多少なりともアルコールの回った身でこんな悪天候の中を運転するのは、自殺行為にも等しい。ジャヨンは思い切って声をかけた。

「ねえ、シニ。悪いけど降ろしてくれない?」

「やあね、今さら。仲直りの記念じゃない、一緒に行こうよ」

シニが言うと、後部座席から声が聞こえた。

「ちょっとだけでも寄ろうよ」

ヒョヌがそう言うのなら仕方がない。ジャヨンは恋人の言葉に素直に従うことにした。

「シニ、ちゃんとシートベルトを締めてくれよ」

ヒョヌが言うとシニも従う。彼女はもぞもぞと片手でベルトを締めながら、目を細くして前方を見やった。

「この道だったかしら……。ねえ、地図を取ってくれない？　後ろのドアポケットにあるわ」

言われた場所を探ったヒョヌが「ないけど」と答える。

「そう？　じゃ、ここかしら？」

シニは車を走らせたまま、運転席のドアポケットに視線を落とし、探し始めた。

事故が起きなければいいが……。彼女の様子を横目で見て、ジャヨンが不安を感じたそのときだった。ヘッドライトの光芒《こうぼう》に、横断歩道を渡る人が浮かび上がるのが見えた。ダンボール箱を抱えたその男は、驚愕《きょうがく》に目を大きく見開いている。ジャヨンは思わず叫んだ。

「シニ！」

呼ばれて顔を上げたシニは急ハンドルを切ったが間に合わなかった。車はボンネットで歩行者を跳ね飛ばし、その衝撃で道路を大きく外れ、沿道の並木に激突した。

大きな破壊音が夜の闇《やみ》を揺るがした瞬間、ジャヨンの意識は途切れた。


イ・シニは目を開けてみた。体の数ヵ所に痛みがあるが、それほどひどくはない。

助手席を見ると、ジャヨンが頭から血を流している。名を呼びながら肩を揺すると、その首がガクンと傾いだ。し、死んでる……？

恐ろしさのあまり悲鳴を上げながらシートベルトを外し、車外に転がり出た。愛車から目をそらすように前方を見ると、誰かが倒れている。あれは……ヒョメ？　後部座席からフロントガラスを突き破ったらしい。あんなに遠くまで飛んでしまうなんて。

彼女は身震いして横断歩道を振り返った。冷たいアスファルトに倒れた歩行者は、ぴくりとも動かない。

みんな死んだの？　私の運転で、三人の命が失われたというの？　私は加害者？

シニは強くかぶりを振った。嘘《うそ》よ、そんなこと起きるはずない。彼女は慌てて車内に戻り、ジャヨンの体を揺さぶった。

「ねえ、起きてってば！　ジャヨン！」

だが、ジャヨンからは何の反応も返ってこない。

シニはこの現実を目の前に、今にも叫び出しそうだった。どうしよう。これで私はお終いだ。二十歳という若さで人生が終わる。せっかく夢をつかみかけたというのに。

それだけじゃない。私のせいでパパの地位だって……。

彼女は周囲を見渡した。道路に車影は見えない。この雪の中、歩いている人間もいなかった。夜の底が静まり返っているだけだ。

目撃者はいない。生き残ったのは私だけ。私さえ喋《しゃべ》らなければ、真実は闇の中。

そこに思い至ったとき、素早く行動しろというベルが頭の中に鳴り響いた。彼女は身を乗り出して助手席のジャヨンのシートベルトを外し、その体を抱きかかえた。力を振り絞って運転席まで引っ張る。

運転していたのは私じゃない。ジャヨンだ。この恐ろしい事故の責任は、すべて彼女にある。彼女には私の〝身代わり〟になってもらおう。

そう。あの時と同じように……。

シニはジャヨンを何とか運転席に座らせると、車外を回って助手席に乗り込んだ。これで大丈夫、私の未来は守られる。そう思った途端、彼女は気を失った。

T r u t h

第一章　学歴コンプレックス

高校三年の二学期ともなれば、そろそろ大学受験に向けて本格的な追い込みが始まる。入試の結果を占う模擬テストの結果は、ジャヨンにとって満足のいくものだった。学年一位。これなら、希望の大学に入れる可能性が高い。同時通訳になるという夢にもまた一歩近づけそうだ。

彼女はさきほど担任から手渡された成績表を眺め、思わずにんまりとした。だが、後ろの席が気にかかり、そっと振り返ってみた。案の定、シニは暗い顔だ。派手好きでいつも明るく振る舞っているシニだが、テストの結果が返るたびにこんな表情をする。また父親に怒鳴られるに違いない。

その責任の一端は自分にもあると、ジャヨンはわずかだが感じていた。彼女は帰宅後にシニの家庭教師をしているのだ。同級生を教えるというのはあまり楽しい仕事ではなかったが、父がシニの父親から依頼されたのだから仕方がない。依頼とは命令を意味する。それが使用人の立場というものなのだ。

学校からの帰り道、ジャヨンは後ろから「ちょっと!」と声をかけられて振り向いた。シニが息せき切って追いついてくる。

「何、シニ?」

「あんたに頼みがあるの。今日成績表が配られたこと、あんたのお父さんには言わないで。ねえ、いいでしょ?」

シニの考えそうなことだと思い、思わず吹き出しそうになる。

「そんなこと、できると思う? だって、ハンコを押してもらわなきゃいけないのよ」

クラスの平均点が学年でビリだったため、担任の教師は生徒たちにハッパをかける意味で、成績表に親の印鑑をもらい、週明けに提出することを義務づけたのだ。

「じゃあ、うちのパパにだけは絶対内緒にして。いい? 約束よ」

勝手にそう決めると、シニはさっさと歩き出した。その後ろをジャヨンも追う。

しばらくの間つかず離れず歩いていた二人は、クギドン地区の高級邸宅の前に着いた。電子ロック式の大きな鉄製門扉が開くと、二人は無言のまま敷地に入り、広い庭の緩やかな石段を一緒に登っていく。

だが、二人は途中で別れる。シニは左に曲がり、立派な構えの玄関に向かう。ジャヨンは右手に折れ、レンガ壁の建物沿いに裏手に回り、狭い階段を降りる。階段の終点が、彼女の一家が住む地下室だ。

地下室はオンドルの効いたダイニングのほかに、両親、兄、ジャヨンそれぞれの小さな部屋があるが、どの部屋も壁の上部に付いている天窓――外から見るとちょうど地面の高さ――からしか太陽の光は入らない。同じ女子校の同じクラスで勉強し、同じ敷地に住んでいても、二人の生活は天と地ほども違う。不公平だが、それが人生というものなのかもしれない。暗くて湿気の多い自室に入るたびに、彼女は言い知れぬ悲しみを覚えるのだった。

部屋のインターホンが鳴った。受話器を取ると母からだった。

「ああ、ジャヨン。テーブルの上にあるニンニクを持ってきておくれ」

今日も母は上でこま鼠《ねずみ》のように動き回り、シニの母のご機嫌を伺っているのだ。母の行動はジャヨンの惨めさに輪をかける。このインターホンは邸宅の一階にある居間と直通している。もともとはシニの父親であるイ・テクチュン国会議員が専属運転手であるジャヨンの父を呼び出すために設置された物だ。ところが今では、シニの母親がジャヨンの母親を呼び出すために利用されることのほうが多くなってしまった。

それに、呼び出しがなくても母はまるで家政婦のように上に入り浸っては、食べ物や何かをせしめてくる。私たちは議員の使用人の家族ではあるけれど、物乞《ご》いではない。ジャヨンはそんな母の卑屈な態度に、内心我慢がならなかった。しかし、それに異を唱えることもできなかった。

そんな思いをため息と共に吐き出し、ジャヨンはニンニク皿を持ってドアを出た。


父親の書斎に忍び込んだシニは、机の引き出しを片っ端から漁った末に、机上の高級文房具箱の中に目当ての物を見つけた。父のハンコだ。

急いで箱から取り出し、成績表に押印する。

これでよし。ほくそ笑んだ瞬間、書斎のドアが開いた。振り返ったシニは思わず息を呑《の》んだ。父親が帰宅したのだ。

戸口に立った父親は、メガネの奥から射るような視線で娘を見ると、その手に握られている紙に気づいた。無言のままつかつかと部屋に入り、娘の手からそれを引ったくる。

シニは生きた心地もせずに立ちつくしていた。

成績表を一瞥《いちべつ》した父親の顔に、たちまち怒りが浮かんだ。

「何をしていた?」

娘はじっと黙って俯《うつむ》いているしかなかった。

「私の質問が聞こえんのか!?」

怒鳴り声を上げた父親は、いきなりシニの頬《ほほ》を平手で打った。その激しい音は、ちょうどニンニクを持って廊下を歩いていたジャヨンも驚いて立ち止まるほどだった。

「このバカ娘が！」

父親は感情にまかせて成績表を引き裂いた。小さな紙片になるまでビリビリに破る。シニは頬を押さえ、涙を流しながら茫然《ぼうぜん》と見ているしかなかった。

その夜、シニの部屋で練習問題の採点をしながら、ジャヨンは大きな吐息をついた。ほとんど正解がない。これでは大学に入るのも大変だ。

彼女は他人事ながら心配でならなかった。シニのいとこたちはみな、ソウル、ハーバード、スタンフォードといった一流大学に通っているし、一歳違いの妹ジョンヒも成績優秀だ。一人だけ勉強が苦手のシニを、議員はまるで目の敵のように見ている。他のことでは甘やかし、何不自由なく育ててはいても、いい大学に入学させたいという彼の欲求は、娘を萎縮《いしゅく》させるほど強い。

ジャヨンの吐息を耳にしたシニは、ベッドで身を起こして言った。

「パパが言うの。この私にソウルで五本の指に入る大学に入れって」

「今から頑張って勉強すれば遅くないわ」

「もういや、絶対に無理よ！」

シニは枕に顔をうずめた。いつも自信たっぷりで他人を見下すようなところのあるシニが、これほど弱音を吐くのは珍しい。ジャヨンは彼女が何だか気の毒に思えてきた。

「諦《あきら》めちゃダメよ」

ベッドに近づいてシニの体を優しく揺すると、彼女は顔を上げた。

「ねえ、ジャヨン。私、どうしても成績上げたいの」

「だから、間違えた問題をもう一度教えてあげるから」

「私を助けて……」

シニはジャヨンの手を握り、異様な熱気のこもった目で見つめた。

「お願いだから、英語と数学のテストでマークシートをカンニングさせて」

「それはだめよ」ジャヨンは驚きの声を上げた。

「一生のお願いだから、一度だけそうさせて」

「だめ」

「今度の中間テストだけでいいの。ジャヨン、一回だけお願い」

その執拗《しつよう》な願いに、ジャヨンはすっかり困り果ててしまった。

やがて、中間テストの日がやって来た。

英語の問題を解き終わり、解答の見直しをしていたジャヨンは、背中を突つかれてハッと身を固くした。後ろの席からシニが催促しているのだ。

無視しようとしていると、シャープペンシルの頭で背中を押してくる。それでも応答しないでいると、ついには尖《とが》ったペン先で強く突いてきた。

思わず小さく声を上げたジャヨンは、試験官の先生に注目されるのではないかと慌てて身を縮めた。見つかるのはもちろん怖いが、ずっと背後から合図されるのもドキドキして心臓に悪い。彼女は仕方なく覚悟を決めて、全問の答えを問題用紙の隅に書き出した。

書いたメモを破り取り、後ろのシニに手渡す。不正行為になど手を貸したくなかったが、イ・テクチュン議員の平手打ちを思い出すと、彼女に対して同情心がわいてしまったのだ。

冷や汗の出るようなテスト時間が終了した。彼女はすべて解けたことよりもカンニングがばれなかったことに、ほっと胸を撫《な》で下ろしていた。

数日後、シニのクラス順位が十位だと発表されるや、翌日にはジャヨンの家に豪華な果物の盛りかごとカルビ・セットが届き、父は五十万ウォンのボーナスを貰《もら》った。

「あんなに勉強のできなかったシニが十番に入ったなんてねえ。お前、将来は教授になるのも夢じゃないわ。あんな落ちこぼれを優等生にしたんだもの」

「果物やボーナス云々《うんぬん》ではなく、お前のおかげでシニの成績が上がった。それが嬉《うれ》しいよ」

母と父は今回のことを手放しで喜び、娘を褒めた。ジャヨンが教えたためにシニの成績が上がったと信じているのだ。

「シニの成績が落ちないように面倒見てあげるんだよ」

母に言われてジャヨンはすっかり気が重くなった。何かとんでもないことに手を染めてしまった気がする。

その夜、ジャヨンはシニの部屋を訪ねた。彼女はシニをバルコニーに誘った。ここなら、シニの家族に聞こえる心配はない。

「答案用紙を見せるのは、これ以上はできないわ。これからは自力で頑張って」

シニは予想していたのか、驚いた様子も見せずに訊《き》き返してきた。

「カルビはおいしかった?」

ジャヨンは答えずに黙っていた。

「それから、ママがあんたのお父さんにボーナスもあげたって言ってた」

「だから、何?」

思わずジャヨンがいきり立つと、シニは鼻で笑った。

「別に。ただ言っただけよ」

「もう一度言っとくわ。二度と答案は見せない。これで終わりよ」

「あんたの家に贈り物が届かなくなるわね」

ジャヨンは睨《にら》みつけたが、シニはその視線を軽く受け流して言った。

「他に何か必要な物はない？　遠慮なく言ってみて」

「私は、これ以上できない。テスト時間中、怖くて震えるのはもうイヤよ」

「でも、おかげで十位に入れたわ」

「もうやめて。今からちゃんと勉強するのよ、シニ」

「助けてよ、ジャヨン」シニは恩人の手を取った。「次の模擬テストだけ。ね？　パパの性格を知ってるでしょ？　今度だけ。お願いよ」

ふとあの平手打ちの音を思い出す。またもジャヨンはきっぱりと断ることができなかった。


模擬テストの数学の時間は、ジャヨンにとって悪夢のようだった。いつ後ろから催促が来るかと思うと、問題に集中できないのだ。おまけに試験官はスパルタで知られる体育教師だ。棒を手に、厳しい目つきをし、肩をそびやかしながら歩き回っている。

「あと五分だぞ！」

教師の大声にジャヨンは焦った。まだ手をつけていない問題がたくさんある。そのとき、シニがシャープペンシルの先で突いてきた。

「まだ全部解いてないのよ」

小声で答えると、シニも小声で応じる。

「できたところまででいいから」

ジャヨンはどうしてよいのかわからなくなった。しかし、ここで渡さなければシニに背中を突つき続けられて、結局テストどころではなくなると思い、前回のように問題用紙の隅に答えを書き写し始めた。

そのとき、体育教師が持つ棒の先がいきなりジャヨンの机に置かれた。彼女は心臓が止まるほど驚いた。だが、教師はそのままぶらぶらと通路を歩いていく。

寿命が縮む思いだった。ジャヨンは急いで写し終え、紙を破って後ろへ回した。背後から、猛然とマークシートを塗りつぶす音が聞こえてくる。

彼女は問題に神経を集中しようとした。二十五問のうち二十問しか解いていない。今までこんなことはなかった。あと一問でもいいから解答しておかないと。

「そこまで」体育教師の声が響いた。「全員、手は頭の上。最後列の席の者は答案を回収するように」

もう少しで解ける。あとちょっと。ジャヨンは鉛筆を動かし続けた。

「こら、そこ。鉛筆を置け」

あとほんの少し。泣きそうな思いで最後の計算式を書いているとき、答案用紙が引っ張られた。顔を上げると、最後列に座るシニが答案を回収しようとしている。

「ちょっと待って。あと少しなの」

だが、シニは無情にも用紙を取り上げると、前へ歩いていってしまった。


模擬テストの結果、シニは学年で五十二位に入った。その代わり、ずっと学年一位をキープしてきたジャヨンは、五位にまで転落してしまった。

その日の地下の家の食卓には、見事な鯛《たい》が並んでいた。

「こりゃ、どう見ても天然物だよな。妹のおかげで、こんなうまいもんが食えるなんて」

兄のヨンチョルが無邪気に言い、父も母もご馳走《ちそう》を喜んで食べている。

華やぐ食卓を見ながらも、ジャヨンは箸《はし》が進まなかった。ずっと一位を守ってきたのに、今回はなんと五位。原因はわかっている。カンニングに手を貸したことに対する罪の意識と、見つかるのではないかという恐怖感。そのせいでテストに集中できなかったのだ。数学などは八割しか手をつけられなかった。

もう、あんなことはやめないと……。それにこの見返り。家族が楽しそうに食事するのは嬉しいが、結局は惨めになるだけだ。このままシニの家で生活していたら、この状況はずっと変わらないかもしれない。ジャヨンはおもむろに口を開いた。

「お母さん。聞いてほしいことがあるの」

両親と兄が何ごとかと彼女を見る。

「私たち、この家を出られない？　お父さんだって別のところで働けるでしょ？」

「何言ってんだか」母親は一笑に付した。「ここは家賃も要らないし、水道代、電気代みんな込みなのよ。おまけに高い果物や食事まで、この家にいれば何の心配もないじゃない」

「ジャヨンの意見も聞いてあげようよ。何でそんなことを言い出すんだ？」

妹思いの兄の言葉に、ジャヨンは勇気を奮って口を開いた。

「私、シニに……テストのたびに答案用紙を見せてるの。彼女の成績が上がったのは、私の教え方がうまいからじゃない。カンニングなの」

「何だって⁉」

兄が大声を出したが、父親は静かに言った。

「シニが見せろと言ったのか？」

ジャヨンはうなずいて、下を向いてしまった。

「あのバカ！　俺が今すぐ行って……」

喧嘩《けんか》っ早い兄が顔を紅潮させて立ち上がったが、すぐに母親が制する。

「ジャヨン、それが何だって言うの？　どうせ入試のときに結果は出るじゃない」

「お母さん……」

ジャヨンは顔を上げ、心底悲しい気持ちで母を見た。まるでわかっていない。そんな問題じゃないのよ。母のことは諦めて父の顔を見る。家族の誰もが父親のほうを向いて答えを待った。

父親は娘から目をそらし、小さく言った。

「ああ、考えてみよう……」

すぐに母親が反駁《はんぱく》したが、ジャヨンはもう聞いてはいなかった。

どうやら父も、今の状況を変えるつもりはないようだ。でも、それも仕方のないことかもしれない。父も苦労の末にやっと安定した職に就くことができたのだから。それに、別の家を探したとしても、最初に家主に支払う高額な保証金がうちにないことはわかっている。

貧乏とは、なんて情けないものだろう。ジャヨンはがっくりと肩を落とした。

昼休みに弁当を食べているとき、教室に入ってきた生徒の一人が声をかけた。

「ジャヨン、担任がお呼びよ。教務室へ来るようにって」

「私？」

戸惑い顔で教室を出て行くジャヨンを見ながら、シニは内心気が気ではなかった。彼女が先生に呼び出しを受けることなど滅多にない。もしかして、カンニングのことがばれたのだろうか？　成績が上がって、今はパパもママも大喜びしてくれている。その幸せを台無しにされたくない。

不安に満ちた十分間が過ぎ、暗い顔をしたジャヨンが戻ってきて言った。

「シニ。ちょっと話があるの」

二人は校内の中庭に向かった。ベンチに座った途端、ジャヨンは単刀直入に切り出してきた。

「成績が落ちたこと、先生に咎《とが》められたわ……」

それを聞いてシニは安堵《あんど》した。学校にあれがばれたわけではなさそうだ。

「シニ、これ以上自分を犠牲にしてまで、危ない橋は渡れない」

ちょっと待って。ここでジャヨンの協力を打ち切らせるわけにはいかない。シニはジャヨンの顔を見据えて言った。

「確かにあんたは学年一位を誰かに譲ったけど、それは私のせいじゃないわ。私なんて競争相手にもならないじゃない。私にちょっとばかり点数をくれたところで関係ないでしょ？」

「あなた、私に悪いと思ってないの？」

ジャヨンがこれほど強い言い方をするのは珍しい。担任に成績不振のことをよほど注意されたのだろう。シニはそう思い、悪びれることなく言った。

「代価はちゃんと払ってるわ」

「テストのたびにどんなに不安かわかる？　先生と目が合うたびに心臓がドキドキして、どうにかなりそうよ」

「私だって楽じゃないわ」

「今後、一切お断りよ」

「本当に？」シニは冷笑を浮かべてみせた。

「ええ、絶対にイヤ！」

ジャヨンは怒ったようにベンチを立つと、校舎に向かった。彼女の後ろ姿をシニは睨みつけていた。何か手を打たないと。ここでやめられてたまるもんですか。

その日、思わぬ事件が降ってわいた。

クラスで集めていた卒業アルバム代がごっそり盗まれたのだ。集金係であるジャヨンはすぐに担任に報告し、担任は無事に返せば犯人探しをしないとクラス全員に約束したが、結局放課後になっても金は返却されなかった。

総額七十八万ウォンという大金は、大人にも簡単に都合できるものではない。事件を巡ってクラスは紛糾した。

「他のクラスの人間の仕業だと思う」

「盗む者も悪いけれど、無くした者にも責任はある」

「アルバム代は、もう一度集めることにしよう」

「無くした人が弁償するべきよ。何も言わずにもう一度お金をくれる親が何人いると思う？」

クラスでは、集金係が責任を取るべきだという意見が多数を占め、ジャヨンを擁護する者は数えるほどしかいない。

暗い顔をして落ち込んでいるジャヨンの姿を見てシニは、この事件は自分に有利に働くかもしれないと考えていた。どう利用すればよいかはまだわからないが、とりあえず今のところは、盗難のことはママやジャヨンのお母さんには黙っていよう。


帰宅したジャヨンは布団を敷いてもぐり込んだ。

大変なことになってしまった。カンニングどころの騒ぎではない。下手をすると自分のせいでクラスの卒業アルバムが作られなくなるかもしれないのだ。

ドアがそっと開き、母親が入ってきた。

「寒気がするの？　熱があるのかい？　薬買ってこようか？」

「どこも悪くないわ」

「だったら、ご飯を食べて。お腹が空くと体によくないよ。母さんが温かいチゲを作っておくから、ちゃんとお食べ」

「お母さん」ジャヨンは思い切って訊いてみることにした。「うちにお金ある？」

「お金？　いくらだい？」

「八十万ウォンくらい……」

母は目を丸くした。

「そんな大金がどこにあるっていうの？　洗濯機のローンも大変なのに」

ジャヨンは落胆した。予想はしていたことだが、これほどはっきり言われてしまうと、もう何も相談できない。

そんな娘の様子を見た母は、合点がいったように笑顔を見せた。

「大学の入学金を心配してるのかい？　それはそのとき考えればいいわよ。さあ、お食べ」

卒業写真の撮影日、代金の問題はなんら解決していなかったが、写真だけは撮ることになった。順番待ちのベンチでは、年頃《ごろ》の少女たちが鏡を覗《のぞ》き込み、眉《まゆ》の形やヘアスタイルの点検に余念がない。そんな中、一部のクラスメイトたちはジャヨンを責め立てた。

「写真を撮ってもアルバムは無しじゃないの？」

「代金のことはジャヨンが責任取るんでしょ」

「家を売ってでも支払ってよね。あんたのせいで被害をこうむるのは真っ平ごめん」

ジャヨンは唇を噛《か》み締め、じっと俯いている。それを見てシニは立ち上がった。

「よしなさいよ、みんな。ジャヨンだって、好きで紛失したわけじゃないのよ。あんたたちこそ、彼女に何一つ協力しないじゃない。犯人を探そうともせずに、責めてばっかり。本人は死にたいくらい悩んでるのよ」

弱々しく顔を上げたジャヨンに明るく微笑んでみせてから、シニは周囲を睨みつけた。

「これ以上ジャヨンを責めたら、私がただじゃおかないわよ」

集合写真の撮影の順番が回ってきたので、その話は終わった。シニはカメラの前に行きかけたが、ベンチを見るとジャヨンが座ったままうな垂れている。

彼女は駆けていき、ジャヨンの腕を引っ張って立たせた。

「こんなとこにいないで撮ろうよ」

シニは後列に並び、左にジャヨンを立たせると肩に手を回した。私だけはあんたの味方、と言わんばかりに頭を思い切り寄せる。

シャッターが切られる瞬間、今にも泣き出しそうな顔のジャヨンとは対照的に、シニは飛びきりの笑顔を作った。

その夜、シニはインターホンでジャヨンを呼び出した。広い庭の一角に連れ出し、誰にも見られないようにしゃがみ込む。

ジャヨンは呼び出されたことを怪しんでいるようだ。ずいぶんやつれた気がする。シニはそう感じながら、彼女の日の前に札束を差し出した。

「これ。私の貯金とママからくすねたお金。本を買うって嘘ついたの」

ジャヨンの目が大きく見開かれる。

「八十万近いお金を、あんた一人で用意しようったって無理よ。ましてや、おじさんやおばさんにも言えないでしょ?」

「でも……」

「うちのママには内緒。この件については、あんたのお母さんにも言ってないから」

「シニ、あのね……」

「このまま受け取るのは、あんたのプライドが許さないでしょうけど。でも、将来成功したら利子をつけて返してもらうわ。それでいいでしょ? これは二人だけの秘密よ」

じっと札束を見つめた挙句、ジャヨンはやっと手を出した。

「シニ、ありがとう」

小さな声で言うジャヨンを、シニは抱きしめた。

「元気出しなさいよ。この頃、落ち込んでるじゃない」

「ありがとう、シニ。ありがとう」その声は震えていた。

「ありがとうだなんて、水臭いわよ」

そう言いながら、シニは胸の内で別のことを考えていた。これだけ恩を売っておけば、カンニングにノーとは言えないだろう。お金はこういうときに役に立つのだ。

彼女はジャヨンの肩の上でニヤリと笑った。


それからというもの、シニは安心しきって遊びに精を出した。

放課後になると、いつも彼女にくっついている悪友ミジャを引き連れてデパートでショッピングを楽しんだり、踊りにでかけたり、合コンに参加したりと、毎日出歩いていた。

ある日、ミジャと共に購買部でアイスクリームを買って食べていると、同じクラスのミランが不良仲間を連れて入ってきた。

彼女の姿にシニは思わず目を留めた。制服の上にいかにも高価そうなデニムジャケットを羽織り、アイスやチョコレートやパンを大量に買い込んでいる。仲間たちの分の代金も支払うという気前のよさだ。

ミランを目の敵にしているミジャがさっそく立ち上がった。

「ちょっと、あんた。そんなに食べて、デブコンテストにでも出るつもり？」

「あら、あんたはそのままでも出られるじゃない」

ミランは言い捨てると、仲間と共に購買部を後にした。

くやしそうに彼女の後ろ姿を一瞥したミジャは、首を傾げてシニの隣に座り込んだ。

「シニ、あの子、何だかおかしいと思わない？　服も高いの着てるし、あの靴だって十万ウォンはするよ。普段はお金なんか一銭も持ち歩かないくせに」

それを聞いた途端にひらめいた。アルバム代金を盗んだのはミランだったのだ。そうでなければ、あの貧乏な不良が急に金回りがよくなる理由がない。シニは素早く考えを巡らせると、ミジャの目を見据えた。

「ミジャ、今見たことをクラスで言いふらしちゃだめよ」

「ねえ、もしかしてアルバム代を盗んだのって……」

「いいから黙って！　あれはもうジャヨンが工面して、一応解決したじゃない。これ以上変な噂《うわさ》を立てないこと。わかった？」

ミジャはしぶしぶという感じでうなずいた。

今ごろ真犯人が出てきてもらっちゃ困るのよ。シニは胸の中でつぶやいた。そんなことになったら、私の努力が水の泡になるじゃない。あのお金を立て替えたのは私だもの。この件は私が好きなようにする権利があるわ。

二学期の期末テストが始まった。

ジャヨンは気を引き締めて、最初の科目である歴史に臨んだ。成績が内申書に反映されるのは、このテストで最後となる。彼女の態勢は万全だった。シニが遊び回っているのを横目に、図書館にこもりきりで勉強に励み、苦手分野もほとんど克服していた。

残り時間があと五分となり、先生がもう一度答案をチェックするように言った。ざっと解答を見直してみる。大丈夫そうだ。ジャヨンが満足したそのとき、背中にシャープペンシルの感触が走った。

予期していなかった事態に彼女は戸惑った。ちょっと待って、歴史のテストよ。英語と数学だけの約束じゃない。そう思ったが、シニはさらに合図を送ってきた。

仕方なくジャヨンはペンケースを開けた。そこには周到にもメモ用紙が入っている。以前のように問題用紙を破るのは何かと疑惑を招いて危険と思い、あらかじめ用意したのだ。

解答を素早く書き写すと、彼女はそれを小さくたたんで後ろへ放った。

今回だけはシニの頼みを聞くことにしよう。どうせ、これで最後だ。このテストの全科目が終われば、シニの成績を上げる努力をしないで済む。今回のテストさえ乗り切れば、アルバム代の借りも返したことになるはずだ。

その日のテストが終了した後、ジャヨンは翌日のために図書館で勉強した。気がついたときには、外はすっかり暗くなっており、彼女は慌てて帰路を急いだ。

自分の靴音が誰もいないアスファルト道路に響く。何となく心細くなり、周囲が暗いのも気にかかって彼女は足を速めた。

「おい、ちょっと待てよ」

ハッとして顔を上げると、背後から三人の若者が追いついて、彼女の周《まわ》りを取り囲んだ。一見してタチの悪い人間だとわかる。

「何ですか？」ジャヨンの声は恐ろしさに震えていた。

「ビリヤード代貸してくれねえか？」

「お金は持ってません」

「本当か？　見せてみろ。あったらただじゃすまないぞ」

一人がジャヨンの通学バッグを奪い、中から財布を抜き取ってもう一人に渡す。財布から出てきたのは、千ウォン玉数個とバスの学生用回数券二枚だけだった。

三人組は苦笑すると、バッグの中をあらため始めた。その瞬間、ジャヨンは逃げ出した。とにかく人のいそうなところへ行かなくては。しかし、すぐに三人も追いかけてきた。

やや広い通りに出たが、ここも人通りがなかった。恐怖でいっぱいになりながらもジャヨンは必死に走った。だが、ほどなく男たちに追いつかれ、腕をつかまれてしまった。

「待て、止まれ！」

「お願いです。助けてください」

「金でも持ってたら、すぐに逃がしてやったのに」

「そうだぜ。仕方ねえな、金がないなら体で埋め合わせてもらおう」

ジャヨンは悲鳴を上げたが、瞬時に口をふさがれてしまった。抵抗したものの、男の力には敵わない。無理やりコンクリート塀の陰まで連れ込まれてしまった。塀に押しつけられ、背中に固く冷たい感触が伝わってきた。ここでひどいことをされるのだ。そう思った瞬間、体から力が抜けた。それを見計らったように、一人が制服の上着を脱がし始めた。

そのとき、突然周囲が明るくなった。車のヘッドライトだ。次いでサイレンも轟《とどろ》く。男たちは慌ててジャヨンから離れると、一目散に逃げ出した。

彼女はへなへなとその場に座り込んでしまった。男たちは去ったが、恐怖は簡単には消えない。全身が震え、涙が溢《あふ》れ出てきた。

「大丈夫？」

紺色の制服にキャップをかぶった若い男が近づいてきた。

ジャヨンは彼にゆっくり立たされ、車に乗せられた。ドアを入るとき、ルーフに警告灯が付いているのが見えたが、男は警官ではないらしい。

「少し落ち着いた？」車をゆっくり走らせながら男が尋ねた。「君のような可愛い子は、夜歩くときには十分注意しなきゃ」

ジャヨンはまだ答えられる状態ではなかった。

「まだ、ぼうっとするんだね？　あんな奴ら、叩きのめさなくちゃ。見たところ君は、腕っ節が結構強そうなのに」

それが冗談だとわかって、ジャヨンはわずかに笑った。

「少しは気分が楽になった？」

「はい……」男の優しい気遣いに、やっと声を出せるようになった。

「今夜はゆっくり休むといい。さっきのことなんか忘れるんだ」

見慣れた十字路が前方に見えてきた。と思う間もなく、男がウィンカーを出して左折する。自分が言う前に彼が正しい帰り道を選んだことにジャヨンは驚いた。

「あの、私の家をご存知なんですか？」

男は笑顔を見せた。

「いや、こっちが住宅街だから」

ジャヨンはうなずいた。初めて会った人が私の家を知ってると思うだなんて、まだ気が動転しているんだ……。

イ・テクチュン議員の邸宅の前に到着すると、男はわざわざ車を降りて見送ってくれた。

「今日は、本当にありがとうございました」

「次からは気をつけて」彼はウインドブレーカーのポケットからカードを出した。「これ、僕の名刺。何かあったらSOSを送って。すぐに駆けつけるから」

彼女が受け取ると、男は優しく微笑んだ。

「じゃあ、ゆっくり休んで。おやすみ」

ジャヨンが一礼すると、男はキャップをかぶり直して車に乗り、走り去った。

部屋に戻ったジャヨンは、名刺をあらためて見た。

〈株式会社ガードマン　パク・スンジェ〉

民間の警備会社の人だ。きっと夜間パトロール中に通りかかったのだろう。その偶然に彼女は心から感謝した。

パク・スンジェ……。自分より七、八歳年上だろうか。精悍《せいかん》な顔立ちに涼しい目をしていた。

名刺の写真を見ながら、彼女は胸の中に温かいものが広がるのを感じていた。

コツ、コツ。

その音にジャヨンは顔を上げた。天窓から明るい笑顔が覗いている。議員の補佐官をしているチェ・ジュニョプだ。彼女の部屋の天窓は、ちょうど地上の道路脇にあり、屈み込むと外から覗くことができる。夜遅い帰宅時など、門の電子ロックを開けてもらうために家人を煩わせたくないとき、補佐官はよくこの窓からジャヨンに開錠を頼む。

門まで出ていって鍵を開けると、補佐官は恐縮した様子で入ってきた。

「いつも悪いね」

「今日も遅いんですね。夕飯は食べました？」

「いや、まだなんだ。……ラーメンあるかい？」

冷や飯を入れたカップラーメンを庭先のテーブルで頬張る補佐官を、彼女は椅子《いす》に座って眺めた。チェ補佐官は議員が絶大な信頼を寄せる右腕で、この邸宅に住み込んでいる。心優しく、いつもジャヨンに温かく接し、些細《ささい》なことも気遣ってくれる、彼女にとってはもう一人の兄のような存在だ。彼のほうもジャヨンを妹のように思い、恋人のユリを紹介するほど心を許している。

「そういえば、試験は済んだ？」ラーメンの手を止めて補佐官が尋ねる。

「明日が最終日です」

「大変だろ？」ラーメンをすすり、彼はジャヨンの顔をまじまじと見た。「君を見ていると十年前の自分を思い出すよ」

「じゃあ、十年前は女だったの？」

その冗談に補佐官は彼女の額を指で弾き、「どうしてわかった？」とおどけてみせた。

ジャヨンはころころと笑った。このところ嫌なことばかり続いているので、補佐官と一緒にいると一層安らぎを感じられる。

彼は幼い頃には経済的に苦労したが、懸命に勉学に励んで議員補佐官となった。生まれが貧しくても、努力すれば夢は叶う。似た境遇のジャヨンに、彼はそう言おうとしているのかもしれない。そして、彼女はそんな彼の前向きな姿勢が大好きだった。

「入試も控えているし、大変だろうけど頑張るんだよ」

彼の言葉にジャヨンは心から「はい」と返事した。冬の夜の冷気は安物のカーディガンを通して身にこたえるが、補佐官のおかげで心はとても温かくなった。


翌日、高校三年のテストがすべて終了した。

最後の科目の終了ベルが鳴り、シニはジャヨンからのメモを何食わぬ顔で上着のポケットにねじ込むと、立ち上がって答案を回収していった。

答案を差し出すと同時にジャヨンは机に突っ伏した。テストが終わったことより、もうカンニングの手伝いをしなくてよいことに安堵しているのだろう。

あんたはこれでほっとしたかもしれない。でも、私はまだ安心できないのよ。シニは大学入試のことを思うと、底知れぬ恐怖が体を駆け巡るのを感じていた。入試では前の席にジャヨンが座っているわけではない。

一体、誰が答案を見せてくれるというのだろう……。

「これでテストはすべて終了。ご苦労だった」

担任の言葉に、教室で歓声と拍手が起こったが、シニの胸中はそれどころではなかった。暗澹《あんたん》たる気持ちのまま帰宅すると、キッチンに上品そうな中年女性たちが四、五人集まっていた。母親が政府高官の夫人たちと料理講習会をすると話していたのを思い出す。

「ただ今帰りました」

そう言って丁寧に頭を下げると、高官夫人の一人は目を細めた。

「まあ、大きくなって。久しぶりね。いよいよ受験ね」彼女はシニの母親に向き直った。「シニは優秀なんでしょ?」

話を振られたシニの母親は笑顔で答えた。

「ええ、もちろんですわ」

「娘は母親の後輩になるのが一番よ。ところで、あなたのご出身はチンソン大学?」

「え、いえ、違います」急に母の口調はおどおどしたものになる。

「あら。私たちはてっきりそうなのかと……」

シニは目をそらすように一礼すると、二階へ上がった。高官夫人に混じってジャヨンの母親がキッチンの隅でうろうろしているのが目に入る。相変わらず貪欲《どんよく》だ。

部屋に入ってベッドに寝転がる。考えれば考えるほど、不安が胸に広がるばかりだった。入試まであとわずかだというのに、一流大学に入学できる要素など、今の自分には何一つない。

父親を失望させたら、私はどうなってしまうのだろう。それを思うと、背中を冷たいものが駆け上がり、体が震えた。

料理講習会が終わったようで、母親が寝室に顔を見せた。大きな皿を手にしている。

「パイを作ったの。食べてみる?」

「あとで食べる」食欲などあるはずもない。

「テスト、終わったのよね。どうだった?」

期待するような物言いに、シニは苛立《いらだ》った。娘の実力が上がったと本気で信じているのだ。

「わかんない……」

「あなたにはいい大学に入ってほしいの。ママなんて、お友達から大学の話が出るたびにドキドキするわ。一流を出ないと、一生苦労することになるのよ。わかる?」

シニはさきほどの母親の狼狽《ろうばい》ぶりを思い出す。

「シニ、望みはあなただけ。有名大学に入ってくれれば、ママだってお友達に自慢できるし、何を聞かれても胸を張っていられるわ」

大した学歴のない母は、私が一流大学に入ることが悲願なのだ。カンニングのことを秘密にしたままそのプレッシャーに耐えることなどできそうもない。たまらずシニはベッドの上で起き上がった。

「ママ……。実はね、言わなくちゃいけないことがあるの」

娘の告白を聞き終えた母は、ショックを受けた様子でしばらく身動きすらしなかった。どれほど叱《しか》られるかとシニが身をすくめていると、母は娘の目をじっと覗き込んで、意外な言葉を口にした。

「考えがあるわ。ママに任せてちょうだい」

ジャヨンはテスト最終日の夜から、入試に向けて一段と勉強に熱を入れ始めた。ラストスパートだ。英語の長文問題に取り組んでいるとき、ドアが開いて、夜食をトレーに載せた母親が入ってきた。

「大変だろう。これをお食べ。アワビのお粥《かゆ》だよ」

「また上から貰い物？」

「違うってば。母さんが買ったのさ」

見え透いた嘘だとジャヨンは思った。こんな高価なアワビを買えるお金など、うちにあるはずがない。

「食べるから、出てって」

問題集に集中したいのに、なぜか母親は立ち去ろうとしない。そして、おもねるような口調で話を始めた。

「あのね、ジャヨン……」

「何？」

「大学の試験なんだけど……あえて来年受けるってのはどう？」

何を言っているのかわからず、ジャヨンはポカンとしてしまった。

「一年浪人するからって、お前の実力が下がるわけじゃないでしょ？　むしろ一年勉強したらもっと力がついて……」

「どういうこと？」

「今回は、シニに代わって試験を受けてあげて」母は娘の手を取った。「シニさえいい大学に入れたら、私たちの暮らしがもっとよくなるんだよ。それなりの見返りが……」

ジャヨンは母の手を振り払った。

「気でも狂ったの、お母さん⁉」

それって、インチキをするってことでしょ⁉　お母さんはなぜそんなに卑屈になるの⁉　彼女はのどが張り裂けんばかりに叫んでいた。

「嫌よ！　死んでもイヤ！　絶対にイヤ！」

だが、それを聞いた母の顔には困惑が浮かぶだけだった。

帰宅して話を聞いた父親は、さすがに怒りをあらわにした。

「奥さまもあんまりだ。替え玉受験は立派な犯罪じゃないか。それをうちの娘に強要するなんて、どうかしてる。発覚したら、一体どう対処するつもりなんだ。まったく、人の娘を何だと思ってる。こればっかりは許せない」

母親は彼の怒鳴り声が上階に聞こえるのではないかと、ハラハラするばかりだ。

「こんな話は気にするな、ジャヨン。今まで通り、自分の勉強に励みなさい。替え玉なんて、父さんが絶対に許さないからな」

ジャヨンは悔しさと怒りの入り混じった涙をこらえながら、父の頼もしい言葉にすがろうとしていた。

Truth

第二章　替え玉受験

学校ではいよいよ特別講習が始まった。外部から優秀な講師陣を招き、受験に向けての集中的な講義が三日間行われるのだ。

最初の講義が始まる前に、ジャヨンはシニを渡り廊下に呼び出した。

「ねえ、ゆうべうちのお母さんが私に何て言ったかわかる?」

シニはとぼけるかのように、何も答えずそっぽを向いた。

「あなたの替え玉になって、大学を受けろって言うのよ。二学期中ずっとカンニングさせて、最後は全科目見せてあげたわ。それだけじゃまだ不足なの?」

「ちょっと、言葉遣いに注意してくれない?」シニはそう言ってキッと睨《にら》みつけた。

シニの態度にジャヨンは声を荒げた。

「あなたの母親にどうやって泣きついたか知らないけど、結論は一つよ。絶対にそんなことできない。中間テストで答案を見せて以来ずっと、生きた心地がしなかった。まるで地獄よ。シ

「今回ばかりは、ニ、いい加減に私を自由にして」

「ねえ、一年浪人するのが、そんなに嫌なの？　お礼のほうはきちんとするってば」

「お金やコネですべて解決できると思ってるの？」ジャヨンは呆《あき》れ返った。「今回ばかりは、何が何でもお断りですからね」

言い放って行こうとすると、後ろからシニの冷たいつぶやきが聞こえてきた。

「あんた、意外と頭悪いのね」

思わず足が止まったが、ジャヨンはそのまま振り返らずに教室へ向かった。

特別講習の一時間目は英語だった。

若くていかにも頭の切れそうな美人講師は、無駄話を一切せずに講義に入り、入試のポイントを生徒たちに次々に伝授していった。普段の英語教師の授業とはまるで違う緊張感に、教室の空気はぴんと張りつめている。

講師はテキストの英文を流暢《りゅうちょう》に読んだ。

「こういったタイプの読解問題が、もう三年にわたって出題されていて、今回も出る確率が高いと言えるわ。この次のパラグラフも同じ類いね。誰かに訳してもらいましょう」

手元の名簿に指を走らせた講師は、一ヵ所で指先を止めた。

「イ・シニ……」

俯《うつむ》いていたシニがびくっとして顔を上げる。

「あなた、英語の成績が抜群ね」講師は名簿の成績欄を見ていた。「それじゃ、イ・シニ、やってみて」

シニは席を立たなかった。テキストの英文がさっぱりわからないのだ。

「早くして。時間がもったいないわ」

講師に急かされ、シニはのろのろと立ち上がった。

「……やりたくありません」

「やりたくない？　受験当日もそうやって受けないつもり？」

彼女は仕方なく英文をつっかえつっかえ読んだが、意味はまったく理解できない。

「訳してみて」

「わかりません」

「わからない？　期末が九十二点、中間が九十点の実力なら、これくらいは簡単に解けるはずよ。……もういいわ」

シニが座ると、講師は教室を見回した。

「誰かやってみて」だが、誰も手を挙げない。「このクラスには解ける子がいないの？」

クラスの一同が「ジャヨン」と言いながら、彼女に目を向ける。その視線を追った講師が尋ねた。

「あなた、名前は？」

「イ・ジャヨンです」

さっそく名簿に目を走らせた講師は片眉《まゆ》をわずかに上げた。

「あなたもシニと同じくらい成績がいいのね。やってみて」

ジャヨンが立ち上がり、同じ英文を読んでスラスラ訳すと、クラス全員から「おお」と感嘆の声が上がった。

「よくできたわね」

さらに講義のペースが上がり、クラス中が疲れ始めたところでチャイムが鳴った。テキストと資料を教壇の上でトントンと揃《そろ》え、講師は教室を見渡した。

「大学入試はぜひ頑張ってください。それと……イ・シニだったかしら？　あなたはとてもいい成績を残してるけど、カンニングしてまで点数が欲しかった？」

その一言にシニは凍りついた。

「私は今日一日だけの講師だから、教務室に連絡したりはしないけど、これだけは言っておくわ。その実力じゃ、地方の短大も無理ね」

満座の中で恥をかかされた挙句の決定的な言葉。シニはまるで奈落の底に突き落とされたような屈辱感を味わった。

クラスメイトの刺すような視線を感じながら他の講習を受けたシニは、終業と同時に教室を飛び出し、家に戻るとベッドに通学バッグを叩きつけた。

あまりにひどい侮辱だった。しかし、プライドがずたずたにされたことよりも、入学できる大学がどこにもないと言われたショックのほうが大きかった。

心配顔の母親が部屋に入ってくるなり、シニは腹を立てたように言い放った。

「ママ、ちゃんと話をつけてくれたの？」

「だって、ジャヨンはイヤの一点張りだそうだから……」

「もっと現実的なエサを投げるのよ。マンションを買ってやるとか。あの子たち、日当たりの悪い穴蔵に住んでるんだもの、絶対に食いつくわ」

「マンションですって？」母は目を丸くした。「だったら、大学に寄付をして入学するほうがいいいんじゃない？　ママはもうあの人に頭なんか下げたく……」

「お金で入れる一流大学なんてソウルにある⁉　そんなの地方の三流大学だけよ！」

シニはヒステリックに叫ぶと、枕に突っ伏した。

「なんて素敵なんだろうね。ほら、来てごらん」

はしゃぎ回る母に手を引かれて、ジャヨンはうんざりしていた。新築マンションのモデルルームに足を踏み入れた瞬間から、母の声のトーンは上がりっぱなしだ。

シニの家ではこのマンションの一戸を購入する予定で、それを譲ると言ってくれているらしい。ジャヨンには、それが替え玉受験の見返りだとすぐに察しがついた。

「素敵だねえ。どの部屋もしっかりした作りだこと。あら、この寝室は特に素敵ね。ここはお前の部屋にするといいよ」

素敵、素敵の大安売りだ。確かにいい部屋には違いない。ジャヨンは窓辺に立ってみた。大きなガラス窓を通して、日光がさんさんと降り注いでくる。湿って薄暗い地下室とは大違い。明るくて、温かくて、ここに立つだけで穏やかな気分になれそうだ。

「私も日当たりのいい家で暮らしたい」ジャヨンは思わずつぶやいた。

「だろう？　そうだとも」

「でもね、お母さん。私は自力でどうにかしたいの。いい大学に入って、就職して、お金を儲《もう》けて自分で買いたい。そのときまで待つことはできない？」

「三十八坪のマンションだよ。あたしだったら、喜んで浪人するね」

モデルルームを出て、家に着いてからも、そんな話が続いた。

「あたしはね、二十二歳のときに父さんと一緒になってから、今の今までネコの額ほどの家も持てなかった。レンタルビデオ屋、焼き鳥屋、文房具屋、何でもやったけど、すべて失敗。父さんのせいでさ。ねえ、カビ臭いこの家から出られるんだよ。一年くらい、我慢おしよ」

ジャヨンはマンションにつられて娘に不正行為を迫る母がほとほと情けなくなり、部屋に閉じこもると黙々と勉強を始めた。母も食事の支度を始めたが、ドア越しに話をし続けている。まだ説得するつもりらしい。

「一生大学に行くなと言ってるわけじゃないよ。ちょっと遅れて学生になるだけで、マイホームが手に入って、それで家族が助かるっていうのに。お前は頭がいいんだから、それくらい計算できるだろ?」

そのとき、電話が鳴った。

警察からだった。電話を受けた母の顔が見る見る青くなる。なんと兄のヨンチョルが傷害事件を起こしたのだという。

母はすぐさま家を飛び出して警察に出向き、一時間ほどしてから戻ってきた。すっかり気が動転している母の説明は要領を得なかったが、どうやら職場の上司を殴って怪我をさせたらしい。事情聴取の最中も、兄と上司はいがみ合い、怒鳴り合っていたということだ。上司は激怒しており、兄を留置場に入れるのも辞さないと息巻いている。

父親が帰宅すると、母はさっそく相談した。

「まったく堪え性がない奴だ」父はため息をついた。

「今回だけ、議員先生にお願いしてみて」

「一度や二度ならまだしも、もう言えん」

ヨンチョルのトラブルはこれが初めてではない。ジャヨンにしてみれば、正義感が強くて曲がったことの大嫌いな兄の言い分にもきっと一理あるとは思うのだが、すぐに手を出す短気さは庇《かば》うことのできないものだった。

「これ以上は、先生にも恥ずかしくて言えないよ。あいつは一度、臭い飯でも食ったほうがいいんだ。いい薬になるだろう」

ただおろおろとするばかりの母と、こんなときに限って問題を背負い込んでくる兄を思うと、ジャヨンはすっかり気が滅入ってしまった。


このままでは息子が前科者になってしまう。思いつめた母は、家族に黙ってシニの母親に相談した。だが、議員夫人はいい顔をしなかった。

「何とかしてあげたいのは山々だけど、下手に関わると主人の立場が悪くなるだけ。主人に内緒で検事の奥さんに頼むことはできるかもしれないけれど、自信ないわ」

その言い分は正論ではあったが、替え玉を断わられたしこりが胸の内に残っていることは想像に難くなかった。

ジャヨンの母は次に、殴った相手に会おうと息子の職場に出向いた。

タクシー会社の事務所に入ると、顔中に傷テープを張りつけて痣《あざ》も痛々しい課長が憮然《ぶぜん》として座っていた。

「課長さん、うちは貧しい家柄ですが、離婚した者や罪を犯した者は、今まで誰一人としておりません。今回だけは、お許しくださいませんか?」

ひたすら平謝りしたが、課長は一向に聞き入れてくれない。逆に、乗客と喧嘩したり上司にすぐに刃向かうヨンチョルの勤務態度に対する非難をねちねちと聞かされただけだった。

母親は貧しい家計から捻出《ねんしゅつ》した百万ウォンの示談金をおずおずと差し出した。しかし、かえって課長の怒りに火をつけることになった。

「いい加減にしろ! たったの百万で示談にしろだと? 虫がよすぎるんじゃないか? 一千万ウォン用意したって、示談には絶対に応じないからな! 覚悟しとけ!」

けんもほろろに追い返されてしまった。これでヨンチョルの留置場行きは決定的なものとなった。前科記録が残れば、就職に支障が出るばかりか、社会生活にも影響する。

会社から戻った母親は、床に崩れ落ちて号泣した。

心配したジャヨンが事情を尋ねても、「お前の兄さんは、これで前科者だよ。ヨンチョルはお終いだよ」とうわ言のように繰り返しては泣き続けるばかりだ。たまりかねたジャヨンは父親に相談し、留置場に面会に行くことにした。

警察署の厳めしい門をくぐり、受付で尋ねるとすぐに案内された。留置場といっても、入ってすぐのフロアにある、廊下に面した鉄扉の窓が鉄格子になっているだけの簡素なものだった。ジャヨンが格子から中を覗《のぞ》くと、粗末な長椅子《いす》に兄が座り、がっくりとうな垂れていた。そこに暖房はなく、薄手のパーカーを着込んだだけの彼は震えている。

「お兄ちゃん……」

ヨンチョルがハッと顔を上げて、鉄格子の内側に立った。心配顔の妹と顔をそむけたままの父の姿を認めると、彼は申し訳なさそうに肩を落とした。ため息をつき、やがて大粒の涙を落とした。

「ごめんよ、ジャヨン。受験を控えた大事な時期だっていうのに、本当にすまない。……父さん、本当にすみません」

警察からの帰り道、父はずっと無言だった。ジャヨンも言葉が見つからず、二人は黙って歩き続けた。家にほど近い公園に着くと、父は入り口で立ち止まり、タバコに火を点けた。夜の闇《やみ》の中で、深い皺《しわ》の刻まれた顔がライターの炎に浮かび上がる。

父娘は足元のコンクリート階段にどちらからともなく腰を下ろした。

「お前も、父さんを恨むだろう?」

長い沈黙の後、父は煙と共にその言葉を吐き出した。

「どうして、そんなこと?」

「わしは、お前らに何一つしてやれないものな。お前にとって、同級生の家に厄介になって暮らすことがどんなに辛いか、父さんだって知ってる。それなのに……」

「そんなことない」ジャヨンは頭を父の肩にもたせかけると笑顔を作った。「私ね、こう見えて気が強いんだから。シニなんて目じゃないわよ」

「……すまんな。無能な父さんがすべて悪いんだ。親を選べない可哀想な息子は、あの寒い場所でどうやって冬を越すのやら」

父は切なそうにタバコの火を見つめる。それを見たジャヨンは、決心を伝えることにした。留置場から帰る道すがら、すでに気持ちを固めたつもりだったが、いざ言葉にしようとすると、熱いものがこみ上げてきた。

「父さん、あのね……」思い切って言い出したものの、そこから先は言いよどんでしまう。

「何だ?」

ジャヨンは勇気を振り絞って顔を上げた。

「私がシニの替え玉になれば、お兄ちゃんは助かるかもしれないわ」

「お前……」

「私が一年浪人するの。ね、そうしよう、お父さん」

父は否定の言葉を口にしなかった。目をそらし、悲しげな顔でタバコをふかす。ジャヨンは心の底では、嘘《うそ》でもいいから「だめだ」と言ってほしかった。たとえそれを聞いたところで、ただの気休めにしかならないこともわかってはいたが。

私さえ我慢すれば、家族みんなが笑顔でいられる。大切な家族が幸せに暮らせることが、私にとって一番の幸せだもの。私さえ……。

そう自分に言い聞かせてみたが、こぼれる涙は止めることができなかった。


母が議員夫人にその旨を伝えると、まるで周到に準備していたかのように、早々に受験票用の写真が届いた。小さな写真の中でシニは太い縁のメガネをかけている。そのメガネの印象が強く、いつものシニらしく見えないが、逆に言えばジャヨンがなりすますには好都合だった。

最初にすることは、美容院で写真を見せながらのカット。ジャヨンの三つ編みが解かれ、胸まで届く長い髪がシニと同じように肩のあたりで切り揃《そろ》えられていく。床に落ちていく髪の毛を見ながら、彼女は泣きたくなるのを何とかこらえていた。

ほどなく写真と同じ髪型になった。自分なのにまるで他人のような顔が、鏡の中からこちらを見つめている。ジャヨンはそれを見つめ返し、口をきっと結ぶとすっかり覚悟を決めた。

数日後、ヨンチョルは意気揚々と帰宅した。だが、妹が議員の娘と同じ髪型になっているのを見るなり、自分が釈放された理由を悟り憤慨した。

「俺は留置場へ戻る。戻って臭い飯を食うよ！」

そう叫んだが、母親は「静かにおし」と言うだけだ。

「そんなのバカげてるよ！」兄は持っていた新聞を床に叩きつけた。「ジャヨンが替え玉になるなんて、俺はそんなこと頼んでないぞ！」

天井──その上に住む議員一家──を見上げて悪態を吐く兄を見ながら、ジャヨンは部屋に戻った。ともあれ、こうして家に家族全員が揃った。これでいい。

部屋には、シニが写真の中で着用している白いタートルネックのセーターと白いコートが掛かっている。この地下室に不似合いな、見るからに高価な服。ジャヨンは胸いっぱいに湧《わ》き上がってくる惨めな気持ちを何とか押さえ込んだ。

いよいよ大学入試当日がやってきた。

全国一斉に行われる大学修学能力試験の会場となる高校に到着したジャヨンは、門の前で賑《にぎ》やかに応援する後輩の女子高校生たちの間を抜け、彼女たちから振る舞われる熱いコーヒーにも目をくれず、俯き加減で校内に入った。

教室まで歩く途中、高校のクラスメイト何人かから「ジャヨン」と声をかけられた。高価な服とメガネで変装しているというのに……。たちまち不安に襲われる。

「あなた、この会場で受けるんだっけ？」

そんなことまで言い出す彼女たちと言葉を交わすのを避け、逃げるように教室に入って着席すると、斜め後ろからいきなり呼びかけられた。

「あれっ？　ジャヨンでしょ？」

思わず身を固くする。この特徴あるハスキーボイスは、まさか。

「あたしよ、チョン・ウンシル」愛嬌《あいきょう》のある顔が覗き込んでくる。「中学卒業以来、会うのは初めてじゃない？　何年ぶりかなあ。まる三年？」

ジャヨンはすぐに顔をそむけて押し殺した声で言った。

「人違いです」

一瞬きょとんとしたウンシルは机上の受験票に視線を落とし、「イ・シニ」と名前が書かれているのを見ると、首を傾げながら席に戻っていった。

久しぶりに再会した旧友と話すことさえできない。それが、替え玉という罪に対する罰だということをジャヨンは思い知らされた。

試験が始まると、試験監督が通路を歩いて受験票と受験者を照合していく。ジャヨンはドキドキしながらその瞬間を待った。前の席の受験生をチェックした試験監督が彼女の脇に立つ。

「イ・シニ」

そう言って受験票と彼女を見比べている。ジャヨンは緊張した声で「はい」と答え、照合の数秒間、息を殺して待った。しかし、手にした名簿にマークを書き入れた試験監督は、何も言わずに歩いていった。

ジャヨンはほっとして試験に戻った。今頃《ごろ》、別会場では私の場所が空席扱いになっていることだろう。でも、そんなことを考えても仕方がない。今は試験に全力を尽くすのみ。

教室は寒かったが、彼女は順調に問題を解いていった。このシニのコートは軽いのになんて暖かいのだろう。上質のコートの持ち主の替え玉受験をしている貧しい家の娘……。自分の身の上を今さらながらに思い知らされたが、彼女は問題用紙をじっと睨みつけ、問題を解くことだけに集中することにした。

その頃、シニは自宅の暖かいリビングで、のんびりとお菓子とコーヒーを味わっていた。

自分では寛いでいるつもりだったが、やはり不安は隠せない。高級な焼き菓子の風味がいつもと違って感じられる。ジャヨンのことだから大丈夫だと信じてはいるが、もし失敗したらと思うと居ても立ってもいられない気分だった。

ドアが開いてチェ補佐官が入ってきた。彼はシニに気づくと、目を丸くした。

「あれ、シニ。こんなところで何してるんだ？　今日は入試じゃないのか？」

彼女は無言で席を立つと、二階に上がった。今はあれこれ詮索《せんさく》されたくない。それに補佐官は苦手だった。あの曇りのない目で見られると、何でも見透かされてしまいそうな気がする。替え玉の件は彼に知られたくない。彼が知れば、すぐに父の耳に入ってしまう。

午後は部屋でおとなしく過ごし、やがて夕方になった、窓から門のほうを気にしているとジャヨンが帰宅するのが見えたので、シニは一階に駆け降り、玄関を飛び出した。

庭の石段を登ってくるジャヨンを分かれ道で待つ。ぐったり疲れた顔で帰って来た彼女は、シニの顔を見ると立ち止まった。シニがすぐにでも結果を聞きたいのを我慢してジャヨンの言葉を待っていると、彼女は何も言わずにポケットから受験票を取り出した。受け取って裏を見ると、問題番号とマークシートの数字がぎっしり書き込まれている。

「ありがと」

シニは浮き立つような明るい声で礼を言うと、急いで玄関に戻った。

テレビでは解答速報が始まり、ソファに陣取ったシニは受験票とボールペンを手に速報を見守った。ジャヨンがメモしてくれた解答は、物凄い正解率だった。テレビで正解が発表されるたびにジャヨンの解答に印をつけていくと、面白いくらいに一致する。シニはすっかり興奮し、自分が大きな歓声を上げているのにも気づかないほどだった。

「問題11、答えは1。やったあ、これも正解！」

「まったく、いいご身分ね」

生意気な声に顔を上げると、二階から妹のジョンヒが降りてきた。

「うるさいわね。私が大学生になれるかどうかの瀬戸際なのよ。問題12は3。またまた正解！」

ソファに腰を下ろした妹は呆れ顔で腕組みをした。

「でも、お姉ちゃん。論文はどうするの？　それもジャヨンさんに書いてもらうつもり？」

「そんな心配はいらないわ。この点数だったら、きっと論文は免除よ」

ジャヨンが階下の部屋で悔し涙を流していることも知らず、シニは高得点がまるで自分の手柄であるかのように得意げに言った。

論文免除の予想は当たり、三月からシニは晴れてソウルの名門の一つ、ヨンシン大学の新入生となった。

キャンパスライフは毎日が楽しさに満ちていた。

髪型をソフトカーリーに変え、おしゃれを思い切り楽しむ。講義の内容はまるで理解できないが、合コンではいつも主役だ。最後の告白タイムでは決まって男子全員の指名を集める。そんな瞬間、彼女は大学生になってよかったとつくづく思うのだった。

一方、ジャヨンは正進学院に通い始めた。市内の小さな予備校だ。

ここでも見知った顔に時々出会い、そのたびに口を揃えたように「合格間違いないと思ってたのに」と言われ、改めて悔しさを嚙《か》み締めることになった。

本当なら今頃は受験勉強から解放され、大学で充実した時間をすごしていたはずなのに。家族のために自分が選んだこととはいえ、こうして暗い顔をした浪人生たちに混じって勉強していると、新たな切なさがこみ上げる。授業中、テキストのページに涙のしみを作ったことは数知れない。

時にはすべてを投げ出したくもなったが、それもマンションに移れることを思うと、乗り越えられた。シニの元から離れ、嫌な思い出とはすっぱり縁を切り、新しい生活を始める。それを思い描くだけで、元気が出てきた。

ところが、いつまで経っても一家が地下室から出る気配はない。業を煮やしたジャヨンは、ある晩、食事の席で母に面と向かって尋ねてみた。

「お母さん、私が貰《もら》ったマンションには、いつ引っ越すの?」

「ああ、あれね……」

母が周《まわ》りを窺《うかが》うと、父も兄も目を伏せた。

「実は、人に貸したのよ。家賃収入があれば、ずいぶん楽になるでしょ？」

ジャヨンはショックで口も利けなかった。見る見る涙が溢《あふ》れ、頬《ほほ》をつたい落ちる。

「引っ越すんじゃなかったの？」

「あのね、お金儲けは、そう簡単じゃないんだよ。それにヨンチョルだって今は失業中だし。事業を始めるにしたって先立つものが要るしね」

母が言うと、兄が食ってかかった。

「俺をダシにするのはよせよ。俺は、妹を犠牲にして暮らす気はないからな」

父はただ「静かにしろ」と言うだけだった。

気まずい沈黙に耐えられず、ジャヨンは自室に飛び込んだ。こんな巡り合わせになる理不尽さに腹が立ち、それを変えられない自分にも腹が立つ。彼女は机に突っ伏し、子供のように泣きじゃくった。

「俺のせいだ。ごめんよ」兄がそっと入ってきた。「俺がすぐに解約してくるから。マンションにはお前一人で住め。俺らにはそんな資格はないんだから」

「心配しなくていいよ、お兄ちゃん」彼女は涙を拭《ぬぐ》った。「私ね、今の暮らしが嫌で嫌でたまらないの。でも、どうしたらここから抜け出せるかわからないの」

彼女は顔を上げ、すがるような目で兄を見た。

「私、シニよりもいい会社に入って成功したい」

「大丈夫、お前ならきっとできるさ」

兄の慰めに、妹はわずかながら微笑んだ。しかし、それからの相変わらずの地下室暮らしは、ジャヨンに心からの笑顔をもたらしはしなかった。

そんな彼女の様子を心配したチェ補佐官が、ある日彼女を近所の公園に連れ出した。

「傷ついたろ?」

ジャヨンは答えなかった。彼はまだ本当のことを知らないはず。だが、補佐官は笑いながら言った。

「大体想像はついてるよ。先生はまだ知らないようだけど、俺も先生の家族には失望した」

補佐官には知られたくなかった。しかし、すっかりばれていると知り、彼女は大きな吐息をついた。

「なあ、ジャヨン。世の中には、二種類の人間がいると思うんだ。太陽っていうのはときどき雲の中に隠れるけど、いつかは必ず顔を出すだろう? それを待てる人間と待てない人間がいる。いいかい? 君はちゃんと待てる人間だ。俺にはよくわかるよ」

「ありがとう」彼女は彼の温かい言葉に口元を緩めた。

補佐官はタバコに火を点けて一口吸うと、遠くを見つめた。その横顔に何となく影が走ったような気がして、ジャヨンは尋ねてみた。

「彼女と喧嘩でもしました？」

「喧嘩ならまだましさ」彼は苦笑した。「近頃、連絡も来ないんだ。もし君に彼氏ができたら、絶対そんなことするなよ」

彼女は笑ってうなずく。そういえば、恋人のことなど考えたこともなかった。大学に通っていれば、今頃ボーイフレンドぐらいできていたかもしれない。そうしたら、勉強の合間にデートしたりしてたかも。でも、現実はそうじゃない。ジャヨンは空想を頭から追い払った。

近所のセブンイレブンでジャヨンが買い物をしていると、手にしたカップラーメンを横からいきなりつかむ者があった。

驚いて顔を上げると、警備員のパク・スンジェが笑っていた。

「久しぶり、僕のこと覚えてる？」

彼の言葉にジャヨンは微笑みを返した。

「もちろんですよ。いつか会ったらお礼を言おうと思っていたのに、なかなか会えなくて」

「別の地区を担当してたんだ」彼は白い歯を見せた。

「あの時はありがとうございました」

「それは口先だけ？」

そうではないことを証明するため、彼女は酒に誘う彼につき合うことにした。

彼がよく訪れるというその屋台の店は素っ気ない造りながら、女主人の作る料理が絶品だった。スンジェの注ぐ焼酎《しょうちゅう》を一口含んだジャヨンは、そのアルコール度の強さに思わず顔をしかめたが、彼との楽しい会話に引き込まれていくうちに、どんどん杯が進んだ。

大人が酒を飲む気持ちが少しわかった気がした。酔いが回ってくると、替え玉のことやマンションの件もしばし忘れられる。彼女はグラスを突き出して、お代わりをねだった。

「嫌なことでもあるのか？」彼が心配そうに尋ねる。「ストーカーに追い回されてるとか？もしそうなら、僕にSOSしなきゃ」

「じゃ……どうか私をお助けください。私を……今の状態から救い出してほしい」

そう言って、注いでもらった酒をぐいっと飲む。スンジェは真剣な顔で彼女を見つめた。

「必要ならいつでも連絡して。どこへでもすぐに飛んでいくよ」

「また、嘘ばっかり……」

「嘘じゃない。約束しよう」

スンジェが小指を差し出す。ジャヨンも自分の小指を絡ませた。指切りは彼女の胸の奥に小さな明かりを灯した。

足元がふらつく彼女を心配して家の前まで送ってきた彼は、別れ際に思わぬことを口にした。

「あの……今週の土曜日は非番なんだ」照れ臭そうに笑う。「ただ言っただけさ。おやすみ」

歩き出したスンジェの背中に、ジャヨンも声をかけた。

「土曜は予備校の授業が十二時に終わります。……私もただ言ってみただけ」

振り向いたスンジェとジャヨンの視線が恥ずかしそうに交錯する。

それからというもの、二人は頻繁にデートするようになった。ロッテワールドで遊び、食事をし、プールで泳ぎ、買い物をし……。ジャヨンは毎日が楽しくて仕方がなかった。この世の終わりかと思われた浪人生活も、彼の出現によってたちまちバラ色に変わった。

彼女はようやく人並みの幸福を手にできたことを実感していた。

スンジェはビルの屋上から見えるソウルの夜景を眺めていた。建ち並ぶマンション群に見えるあの明かり一つ一つに家庭があり、人生があり、幸せがある。

「飯にしよう」

兄の声に振り返れば、そこにはブロックを積んだ掘っ建て小屋が一つある。この屋上の粗末な一軒家が、大都市ソウルが俺たち兄弟に与えた住まい。

世の中は不公平なものだ。金や権力があれば何でもできるが、それを持たない者はひたすら幸運を待つしかない。大学進学の金も自分で捻出しなくてはならなかったスンジェは、そのことを嫌というほどわかっていた。

大学の体育学科に籍を置き、警備会社で学費を稼ぎながら経営学も学ぶ身には、自分のために使える時間などわずかしかない。社会の頂点に君臨する者たちに、勉強でもスポーツでも決して引けを取らないはずの自分が、こうして毎日の暮らしに汲々《きゅう》とし、たった一間の小屋で生活に喘《あえ》いでいる。

そんな俺にとって、ジャヨンは天からの贈り物かもしれない。何も持たざる者にやっと巡ってきた大きな幸運……。

スンジェは家に入ると、兄ヨンソクと小さなテーブルを挟んで座り込み、肉にかぶりついた。本当ならこんな上等な肉を買える身分ではないが、江南《カンナン》の名高いカルビ・レストランで働く兄が職場から余り物を持ち帰るのだ。何でも、この役得は厨房《ちゅうぼう》のおばちゃんに気に入られているかららしい。

「何かいいことでもあったのか?」

不意に兄が尋ねた。スンジェは澄まして答える。

「別に……肉を食ったら、元気になった」

「俺は騙《だま》されないぞ。好きな子ができたんだろ？」

この世で最も信頼できる兄の目はごまかせないようだ。彼はただ無言で笑みを返した。

「こいつ。どこの誰なんだ？」

「今度話すよ、兄貴」

ジャヨンとはまだ付き合い始めたばかりだ。もっと親密な関係になって、結婚までの道が見えてくるまで公にはしたくない。スンジェは、彼女の無邪気な笑顔を思い出した。そう、今喋《しゃべ》ってしまえば、すべてが台無しになりそうな気がするから。


数日後、ようやく雨が上がり太陽が顔を覗かせた午後の空の下を、ジャヨンは水溜《た》まりを避けながら家路についていた。

のんびりと歩きながら、スンジェのことを思う。今日のデートも楽しかった。といっても、雨だったこともあり、道端に停めたスンジェの車――警備会社の巡回車――の中でずっとお喋りをしていただけだ。二人のデートはあまりお金を使わない。けれど、お金で買える以上の幸福感に満ちていると彼女は思う。

宝石店からの警報で駆けつけた彼が、所持を許されているガス銃だけで大型ナイフを持った強盗と格闘して捕まえた話。先日のデート中に巡回車の無線を切っておいたら、あとで上司に大目玉を食らった話。そんな話をしてくれるスンジェを見ているだけで、人生は素晴らしいと彼女には思えてくるのだ。たとえ、浪人中であっても、地下室暮らしであっても。

そんなことを考えているとき、後ろから車が近づいてくるのに気づいた。ジャヨンはそれをやり過ごそうと道端によけた。だが、ゆっくりと走ってきた白い高級セダンは、彼女の横を通るときに水溜まりに乗り入れ、盛大な水しぶきを立てた。

「きゃっ」

泥水が彼女のベージュ色のセーターに斑点《はんてん》を作る。

車は数メートル走ってから停まり、運転席から若い男が慌てた顔で出てきた。

「すみません。家を探していたものだから、水溜まりが見えなくて。申し訳ありません」

まだ大学生らしいその男は恐縮していたが、ジャヨンはムッとしたままセーターを見下ろした。スンジェがプレゼントしてくれたせっかくのタートルネックが……。

「本当にすみませんでした」

「もういいです」

「クリーニング代を出します」

そう言われて彼女は急に腹が立った。金銭ですぐ解決しようとする、いかにもお金持ちのやりそうなこと。この若さであんな高級車を乗り回しているのだ。どうせ、どこかの金持ちのお坊ちゃまに違いない。

「そうしないと、僕の気が済みません。いくらくらい出せばいいですか？」

「水洗いできる服です」彼女はぴしゃりと言った。

「でも……」

「結構です」

ジャヨンが歩き出すと、その男は小走りに追いかけてきた。

「あの……二万ウォンでいいですか？」

振り向くと、彼はこれ見よがしに財布を出している。本当に失礼な男だ。

「結構だと言ったはずです」

歩き出すと、男はそれ以上追ってこなかった。

ところが、家まであと数十メートルという坂道のカーブで、ふと後ろを振り返ると例の車がゆっくりと走ってきた。まだ追いかけてくるのかと思い、道路脇に立ち止まって睨んでいると、運転席の男は目をそらすように追い抜いていく。

ほっとして家に着いてみると、何とあの車が門の前に停まっていた。ちょうど男が車から降りて、後部座席から大きな花籠《かご》を取り出したところだった。彼を無視して地下室に通じる簡易ブザーを押そうとすると、男も正面玄関のインターホンに手を伸ばしたところだった。男はどうやら議員のところへ来た客らしい。

ジャヨンがブザーを押し、気まずい数秒間が過ぎてから門が開く。彼女が中に入ると、後ろから男も遠慮がちに入り、後ろ手で鉄扉を閉めた。

石段を分岐点まで行ったとき、玄関からシニが飛び出してきた。ジャヨンはその姿を見て驚いた。目の覚めるようなピンクのワンピースドレスを身にまとい、髪も手の込んだ結い方をしている。まるで童話の世界から抜け出たような上品なお嬢さまぶりだ。

「ヒョヌさん、いらっしゃい！　久しぶりね。カッコよくなったみたい」

「はい、これ」

差し出された花を見るなり、彼女の笑顔に輝きが増した。

「嬉《うれ》しい！　私がバラを好きだってこと知ってたの？　さあ、入って」

そんな会話を背中で聞きながら建物の角を曲がろうとしたジャヨンは、ふと振り返ってみた。すると、男がこちらを見ているではないか。思わず目が合ってしまい、彼女は慌てて背中を向けて足早にその場をあとにした。

テーブルに着いた面々を見渡して、シニは心から満足していた。経済省次官の娘、大企業の二代目……政財界のトップの子息令嬢たちが八人も集まっている。やがてはこの国を動かすことになる上流社会の人間ばかりだ。

「来年になるけど、スキー場の近くにコンドミニアムを建設中なんだ」

「すごーい」

「冬の間、遊びに来るといい。まるまる一棟提供するよ」

「豪勢だな」

そんな会話が弾む。

目に映るのは高級スーツと上品なドレスと、ご馳走《ちそう》の山にプレゼントの山。素晴らしい誕生パーティだ。彼女は自分がこの豪華な世界の住人であることを心から悦び、とびきりの笑顔を振りまいていた。

フロアに目を転じると、ヒョヌが立ったままワインを飲んでいる。憧《あこが》れの彼と二人だけで話をするチャンスだ。シニは席を立ち、彼に近づいた。

「誕生日おめでとう」

彼女に気づいたヒョヌが笑顔で声をかけてくる。

「ありがとう。チーズをもっと召し上がる？」

「いいや、結構」

「ねえ、ヒョヌさん。私たち、大学ではなかなか会えないわね？」

「棟が違うからな」

ヒョヌは彼女と同じヨンシン大学の三年生だ。経営学部に通う彼とは確かに建物が違うけれど、同じキャンパス内だから会おうと思えばすぐ会えるはず。シニは少し口を尖《とが》らせると甘えた声を出した。

「冷たい人……。大学に入ったら遊んでくれるって言うから、死ぬほど勉強したのに、お昼ご飯もつきあってくれないなんて。これからは週に一度お昼をおごってよね」

シニは自分でも自信のある可愛いふくれ面で拗《す》ねてみせた。そして、他の誰にも聞こえないようにそっと囁《ささや》く。

「中学のときから、ずっと大好きなのに……」

彼女は口元に手をやって照れる仕草を見せたが、ヒョヌは聞こえなかったのか、まったく別の話題を切り出した。

「そういえば……さっきの彼女はここにいるの？」

「え？　誰？」彼女は話をそらされて落胆した。

「僕と一緒に門を入ってきた……」

「ああ、ジャヨンのこと」

「ジャヨン?」

「ええ、イ・ジャヨン」

「君と同い年ぐらい?」

シニは上の空で、うん、とうなずいた。

「ふうん……。この家にいるなら、彼女もパーティに呼んだらいいのに」

「ジャヨンを?」

思いもしない提案だったが、シニはそれも面白いかもしれないと思った。これだけのメンバーが私のために集まるということを誰かに自慢したい。ふと、そんな気が起きたのだ。

彼女はヒョヌに微笑むと、壁のインターホンに手を伸ばした。


誕生パーティになど出たくなかったが、地下室の電話の子機がリビングに置きっぱなしだとシニに言われ、ジャヨンは仕方なく一階に足を運んだ。議員婦人の周りにいて何か恩恵にあずかりたい、けれど掛かってきた電話は逃がしたくない……そんな母の料簡を思うにつけ、ジャヨンは情けなくて腹が立つ。

リビングのドアを開けると、いきなりさっきの男――ヒョヌとか言っていた――と目が合い、彼女は来たことをすぐに後悔した。早く帰ろうと、急いで子機を探す。

「あら、ジャヨン。いらっしゃい」

すかさずシニが声をかけてくる。

「私、子機を貰いにきただけなの」

「いいから、こっちへ来て。食べて遊んでいってよ」

見るからに金持ち然とした面々に一斉に注目され、ジャヨンは言われるがままにテーブルに近づいた。すぐに席が詰められ、彼女の場所が用意されてしまった。もう帰れない。

そこへワインを注いだグラスを持ったヒョヌが来た。

「先ほどは本当にすみませんでした」

「いえ……」

「何かあったの?」シニが勢い込んで尋ねる。

「僕が水溜まりの泥水をひっかけちゃって」

座がひそやかに笑う。

「あら、いやだ。紹介が遅れてしまったわ」シニは慌てたようにジャヨンを指した。「彼女はイ・ジャヨン。私のパパをいつも安全運転で送り迎えしてくれてる運転手の娘さんなの。うちの地下に住んでるのよ」

ジャヨンは惨めな気持ちになり、俯いた。全員の視線が刺さるようだ。場違いな闖入者《ちんにゅうしゃ》。

パーティのとんだ慰み者。

「彼女と私は高校のクラスメイトだったの。彼女、今は浪人中で……」

そこまで言わなくたって……。ジャヨンがそう思った途端、シニも口をつぐんだ。さすがに言い過ぎたと思ったのだろう。雰囲気が一気に白けてしまった。

いたたまれなくなったジャヨンは席を立った。その拍子にテーブルのワイングラスが床に落ちる。ガラスの割れる鋭い音に、その場がしんと静まり返った。

どこまで惨めさを味わえば済むのだろう。彼女は涙をこらえながらしゃがみ込み、ガラスの破片を拾い集め始めた。その途端に指に痛みが走り、思わず悲鳴が漏れる。

血が流れる指先を見ながら茫然《ぼうぜん》としていると、一枚のハンカチが差し出された。

「大丈夫？　これで押さえて」

目を上げると、ヒョヌだった。憐《あわ》れむような目をしている。そして、身動きできないでいるジャヨンの指の傷にハンカチを躊躇《ちゅうちょ》なく押さえつけた。

「凄い血じゃない」シニが慌てたように言う。「部屋に戻って絆創膏《ばんそうこう》をつけたほうがいいわ」

きっと追い払いたいだけなのだろう。しかし、立ち去るきっかけができた。ジャヨンはさっと立ち上がると、部屋を飛び出した。

その夜。ようやく気分の落ち着いたジャヨンは、タートルネックに付着した泥水をシミ抜きの要領で落とし始めた。バンドエイドを巻いた指の傷はすでに出血が止まっている。

「ジャヨンいる？」

入り口から声が聞こえ、行ってみると普段着に着替えたシニが立っていた。

「さっきのハンカチ、返してくれる？」

「まだ洗ってないけど」

「いいの。私が洗うから」

ハンカチを渡すと、昼間のことなど何もなかったかのように、彼女は喋り始めた。

「あの人ね、チェソン財閥グループの御曹司なの。チョン・ヒョヌさん。うちの大学の経営学部三年生で、私の中学時代からの憧れの人。ね、今日来た中で一番カッコよかったでしょ？」

「そうね……」

彼女が気もなく答える様子を、シニは考え深げに見つめていた。そして、納得がいったのか、地上への階段を駆け上がっていった。

翌日、家政婦に洗濯とアイロンがけをしてもらったハンカチを手に、シニはキャンパスでヒョヌを待ち伏せた。

ハンカチを返すことを口実に会い、映画をねだると、彼は承知してくれた。映画に食事にドライブ。講義をサボって半日遊び回り、シニは有頂天だった。彼には今日は講義がないと嘘をついたが、それくらいの嘘は許されるだろう。

ヒョヌは家の門の前まで車で送ってくれた。

「今日は、本当に楽しかったわ。じゃあ、気をつけてね」

そう言ってドアに手を掛けたとき、彼は背後から「シニ」と呼びかけてきた。何かと思って振り向くと、彼は後部座席に手を伸ばし、大きなショッピングバッグを取り出した。

たちまちシニの胸が躍る。デートの終わりにプレゼントまで用意してくれるなんて。でも、いつの間に買ったのだろう？

「これ……」ヒョヌはためらいがちにバッグを差し出した。「あの彼女……ジャヨンに渡してくれる？」

シニはショックを受けた。

「どうして？」

「彼女の服を汚しちゃったし、僕のせいで手も怪我したから」

「もう謝ったじゃない？　それで十分よ」

彼女が強い口調で言うと彼は一瞬怯《ひる》んだが、再びバッグを押しつけてきた。

「渡しといてくれよ」

「もしかして……彼女に興味あるの？」

「そんなんじゃないさ」彼は笑ってみせた。「本当に申し訳なくて。お詫《わ》びがしたいだけ」

本当かしら？　シニは胸騒ぎを止めることができなかった。

「じゃあ、頼んだよ」

その言葉を最後にヒョヌは目をそらしてハンドルに手をかけた。シニは言いたいことが山ほどあったが、嫉妬《しっと》深い女だと思われたくなくてそのまま車を出た。ドアを閉めると、ヒョヌの愛車は走り出し、暗い道に消えていった。

シニは部屋に戻ると、すぐに袋から中身を取り出してみた。プレゼント用のリボンが巻かれた赤い箱。リボンには手紙が挟み込まれている。彼女はためらうことなく封を開けた。


先日のことを心からお詫びします。

このTシャツは、ゼミの同期の女子を総動員して選びました。

あの日着ていらした服と同じ色です。

気に入ってもらえたら嬉しいのですが。

では、勉強に励んでください。

シニは頭に一気に血が上り、箱から出したTシャツをごみ箱に放り込んで、手紙を引き裂いた。冗談じゃない。何であんな身分違いの子に贈り物なんか。ヒョヌさんの気が知れない。あまりにむかついてめまいがしそうだ。

彼女は体中が燃えるような怒りを感じ、カーテンを乱暴に払うと窓を開けた。夜の冷気が多少なりとも熱を鎮めてくれるようだ。そのとき、門の前に人影が見えた。抱き合っている一組のカップル。

よく見ると、ジャヨンだった。ジャヨンが見知らぬ男と抱擁している！　男は体を離すと、彼女の頬に音を立ててキスをした。

男が手を振り、歩き出す。街灯の光に一瞬浮かび上がったその顔は、なかなかのハンサムだったが、身なりが貧しかった。それを見てシニの怒りがぶり返す。ジャヨンにはあれくらいがちょうどいい。それなのに、ヒョヌさんは……。

門を入って来たジャヨンの顔は見るからに幸せそうだった。シニははらわたが煮えくり返り、思わず部屋を飛び出した。

T r u t h

第三章　運転手の娘

まだキスはしたくない。けれど、キスの真似事をされて少しも悪い気はしなかった。それどころか、初めての体験に心は躍っていた。ジャヨンが余韻を味わいながら庭の石段を上がっていると、突如玄関からシニが飛び出してきて、行く手に立ちふさがった。

「イ・ジャヨン、話があるんだけど。今のは誰？　あんたの恋人？　何してる人？　浪人生じゃなさそうだし、結構年上でしょ？」

一気にまくし立てる彼女に、ジャヨンはせっかくの気分を害されて腹立たしくなった。

「何が言いたいの？」

「あんたがどこのゴロツキと付き合ったって私には関係ないけど、こんな夜遅くに抱き合ったりベタベタしたり、門の前で見苦しいマネはしないでほしいわね。近所の人が私だと思ったらどうするの？　もし妙な噂《うわさ》が立ったりしたら、パパの顔に泥を塗ることになるのよ。あんた、そうなったら責任取ってくれる？」

ジャヨンは彼女の身勝手な論理に呆《あき》れてしまい、返す言葉もなかった。

「今後、気をつけてよね！」

そう言い放つとシニは、肩をそびやかして玄関の中に消えた。

地下室の部屋に戻ったジャヨンは、椅子《いす》にリュックを叩きつけた。心の底から怒りが湧《わ》き上がってくる。いくら何でも、人の恋人にまでケチをつけることはないだろう。シニが何に苛立《いらだ》っているのか知らないが、これまで私にしてきた仕打ちの数々を一体、何だと思っているのか。苛立っているのはむしろ私のほうだ。

怒りを嚙《か》み締めていると、電話のベルが鳴った。

「もしもし？」

ささくれ立った声で出ると、相手はスンジェだった。彼女は慌てて気持ちを落ち着けた。

「今どこ？　もう家に着いたの？」

「いや、声がまた聞きたくなって。……何だか声が怒ってるみたいだけど」

「そんなことないわ」彼の敏感さに驚く。それほど神経が細やかな人なのだ。

「今夜は布団をちゃんとかけて寝たほうがいいよ。風がまだ冷たいから」

「うん、ありがとう。気をつけて帰ってね」

ジャヨンは両親の寝室のドアを振り返った。気づかれないうちに電話を切ったほうがいい。

「あなたから先に切って」

だが、スンジェが切る気配はない。少しの間沈黙が続く。

「じゃ、一、二、三で同時に切らない？」

「いいよ。一、二……二と二分の一、その半分……」

「んもう、そんなのってあり？」彼女は笑った。

「じゃ、もう一回。一、二、三」

しばらくしても断線音は聞こえない。繫《つな》がったままの電話にジャヨンは囁《ささや》いた。

「何で切らないの？　……それなら、私が先に切るね。おやすみなさい」

「おやすみ」

静かに受話器を置く。ジャヨンは彼の優しさに包まれて、少しずつ気持ちが解きほぐされていくのを感じていた。シニに対する不快感も、とっくにどこかへ消え失せてしまったようだった。

昼間、ジャヨンと兄ヨンチョルがラーメンに舌鼓を打っていると、母が笑いをこらえながら帰ってきた。何やら可笑しくてたまらないらしい。

「ねえ、運転免許の筆記試験って、難しいのかい？」

「まさか。相当なバカじゃない限り受かるさ」

息子の答えを聞いて、母はくくくと笑う。

「シニがまた落ちたんだって。これで何度目だか」

兄が腹を抱えた。ジャヨンも小さく笑う。母は靴を脱いで兄の横に座り込んだ。

「ところで、お前、株式とやらを調べてるのかい?」

「ああ。証券会社に勤めてる友人にも相談してるところだよ」

マンションを貸したときに入居者から預かった高額の保証金は、契約終了時に返還するまで家主が運用利益を得てよいことになっている。母はその運用を兄に任せたのだ。

「大丈夫、うまくやるさ。預かり金は二倍にして母さんに返すよ。いや、ジャヨンにやる」

ジャヨンは兄の意気込みに微笑んだ。この家にもようやく追い風が吹き始めた予感がする。浪人生活もスンジェのおかげで楽しくなってきたし、兄も株で儲《もう》けたら何か商売を始めるつもりらしい。そうなれば、この生活とも別れを告げられるのだ。


ある日、ジャヨンはスンジェからプレゼントを貰《もら》った。カフェのテーブルで小さな包みを開けてみると、新品のポケットベルだった。彼女は心から喜んだ。どこにいようとも、ポケベルさえあればスンジェからの連絡が受けられる。

「二二〇一一〇〇四。いい番号だろ？」彼は得意げに微笑んだ。「この番号にするために、代理店に必死に通ったよ。暗証番号も一〇〇四にしてある。ね、何の番号かわかる？」

「あなたのポケベルの末尾と同じ番号？」

「違うよ。十月四日。俺たちが初めて出会った日」

スンジェは少し顔を赤らめて笑う。何てロマンティックな人なのだろうと、ジャヨンは思った。自分はそんな日付も忘れていたというのに。

「トイレに行ってくる」

彼は照れ隠しなのか、急に席を立った。ジャヨンは小さなマニュアルをパラパラとめくってみた。彼女は今までこういう機械は持ったことがなかった。

そのとき突然ポケベルが鳴った。一番大きなボタンを押すと、細長い液晶に何やら番号が表示される。彼女はカフェのテーブルに置いてある市内無料電話の受話器をつかむと、その番号をプッシュしてみた。音声案内に従って暗証番号を入れると、伝言メッセージが流れ始める。

『俺だよ。今日の君は特に可愛い……なんて、ね。君のポケベルに最初にメッセージを残したかったんだ。……でも、これってめちゃくちゃ恥ずかしい。切るよ』

まるで子供のようだ。微笑ましく思いながら彼女が受話器を戻したとき、スンジェが何食わぬ顔で席に戻ってきた。

「今ポケベルにメッセージが届いたのよ」彼女も何食わぬ顔で言う。

「もう？　誰から？」

「えーとね、鼻が大きくて不細工な男の人」

言われたスンジェは無意識に自分の鼻に触る。それを見て思わずジャヨンは笑った。つられてスンジェも笑い出す。

それから二人は公園ですごした。暖かい季節になり、夕方になっても風が心地よい。赤く染まった空を見ながら、肩を並べてのんびりと歩いた。

ジャヨンはスンジェに対する強い想いが自分の中にあるのを感じていた。一緒に歩いているだけで気持ちが和んでいく。彼が私を愛してくれているのは疑いようがない。まだ彼自身のことをすべて知ったわけではないけれど。

彼女のそんな気持ちを察したように、スンジェは自分自身のことをぽつりぽつりと喋《しゃべ》り出した。

「俺は貧しい家に生まれた。気づいてると思うけど、今も金持ちじゃないし、君にいい物も買ってやれない」

「そんな。なんにも欲しくはないわ」

「自分で言うのも何だけど、俺は昔から勉強ができたんだ。でも、家の事情で工業高校へ進むしかなくて。卒業してすぐ仕事に就くはずだったんだけど、どうしても大学に未練があって、奨学金で体育科に入った。本当にやりたかった経営学は、今は副専攻で勉強してる。だけど、学費を稼ぎながらだから、休学と復学を繰り返してるんだ。でも俺は、自分が惨めだなんて思ったことは一度もないよ。いつも十年先、二十年先を見て生きているから」

ジャヨンは彼の告白に胸を熱くしていた。私と似たような境遇。そして、いつも未来への希望を失わないところも似ている。彼女は訊《き》いてみた。

「あなたの将来の夢は何？」

「就職したらマーケティングの仕事をして、そこでいろいろ学んで、ゆくゆくは自分で会社を経営しようと思ってる。外国には、倒産しかかってる会社を引き受けて立て直す経営者がいるだろ？　俺はそんなふうになりたいんだ」

「あなたなら、きっとできるわ」

「ああ。やってみせる」

スンジェは大きくうなずいた。ジャヨンはその横顔を頼もしく思い、そっと彼の手を握った。

週末の朝、シニは切ったばかりの携帯電話を怒りにまかせて化粧台に投げつけた。

ヒョヌに電話して今夜のデートの約束を取り付けたまではよかったが、彼がこう言ったのだ。

――おいしい食事をご馳走《ちそう》するよ。ジャヨンも連れてこない？

まったく、頭に来る。ずっと好意を抱いている私がここにいるというのに、一度会っただけの運転手の娘を同席させようなんて、どうかしてる。

投げつけた電話の音を聞きつけたのか、母親が心配顔で部屋に入ってきた。シニはすかさず母に不満をぶちまける。

「ヒョヌさんたらひどいわ。あの人、ジャヨンに関心があるみたい」

母親はそれを聞いて一笑に付した。

「ヒョヌがジャヨンを好きなはずないわ。仮に好きだとしても、競争相手になんかならないでしょ？　そんな怒らないで、彼には優しくしてあげて。娘婿として最高の青年なんだから」

「本当にそう思う？」シニの顔が輝く。

「ええ、控えめで、思慮深くて、誠実。その上、家柄は財閥中の財閥だし」

母の言葉でシニの気が少し晴れてきた。そう、彼とジャヨンとは住む世界がまったく違う。

二人の間に何かが起こるなどあり得ない。

「あなた、今日は彼に会いに行くの？」

「おばさんのギャラリーにいるから、そこで会うの」

「〝おばさん〟だなんて。〝お母さま〟って丁寧に言わなきゃダメよ」

ママの言う通りだ。今からそう呼ぶのに慣れておいたほうがいいかもしれないと、シニは内心にんまりと笑った。ヒョヌの母親とはすでに何年も前から面識がある。彼女に気に入られておけば、ジャヨンなんかの出る幕はない。

気を取り直した彼女は、母からヒョヌの母親が花好きだということを聞き出すと、さっそく出入りの花屋に電話した。

午後遅くなってから、シニはヒョヌの母親が経営するギャラリーを訪れた。

大きなビルの上階にあるワンフロアを使ったそのギャラリーは、広々とした空間に絵画がゆったりと飾られている。入った瞬間にソウルの喧騒《けんそう》を忘れさせるほどの静寂に満ちていて、まるで別世界だった。

「お久しぶりです」

入り口から声をかけると、ソファでコーヒーを飲んでいたヒョヌの母親が顔を上げた。たちまち上品な笑みが浮かぶ。

「あらまあ、誰かと思ったら」

シニは丁寧に一礼すると、ギャラリーに足を踏み入れた。大人っぽいデザインのライトグリーンのコートとピンクの花束がよい印象を与えてくれることを願いながら、楚《そ》々とした足取りで進む。テーブルを挟んで母親と向き合うソファにはヒョヌが座っていたが、あえて彼のほうは見ないようにした。ここで最も大事なのは、母親に気に入られることだ。

「お目にかかるのは、高校生のとき以来ですね」

「すっかりお嬢さんだわね。本当にきれいになったわ」

「ありがとうございます」

つつましく笑ったシニは「これをどうぞ」と、持っていた豪華な花束を差し出した。

「あら、気を使わなくていいのに。ありがとう」

ヒョヌの母は花の香りを嗅《か》ぐと、目を細めた。シニは遠慮がちにその隣に腰を下ろす。

「今日は、ヒョヌさんがご馳走してくれるとおっしゃるので参りました」

「ええ、聞いてるわ。おいしい物を食べていらっしゃい」

すると、ドアのほうを気にしていたヒョヌが初めて口を開いた。

「シニ、今日は一人で来たの？　その……ジャヨンは？」

ジャヨンですって！　シニは怒りが顔に出ないように気をつけながら、ちょっとためらうような視線を母親に送った。こんな話をお母さまの前ではどうかしら……。淑やかで上品な娘に映るための、彼女のとっておきの演出だ。

「彼女……恋人ができて忙しいのよ」

シニは笑顔の下でヒョヌの反応をじっと窺《うかが》ったが、彼は特に落胆の表情も見せず、ただ漠然とうなずいていた。

その頃《ころ》、ジャヨンはスンジェとの待ち合わせ場所である予備校近くのバーガーキングに入ったところだった。二階の窓際の席に荷物を置いて、電話をしようとボックスに向かう。そのとき、懐かしい顔と出くわした。

「ウンシル?」

店の制服を着たウンシルは、全身で驚きを表わしながら「ジャヨン!」と抱きついてきた。二人は手を取り合って再会を喜び合った。

「中学卒業以来だね。今どうしてるの?」ウンシルがハスキーボイスで尋ねる。

「この近くの予備校に通ってるの。ウンシルは?」

「あたしは夜間の看護学校に通ってるんだ。昼はここでアルバイト。ねえ、住まいはどこ?」

「クギドンよ。高一のときからその家にいるの」

「ふうん。おじさんは今もバスの運転手さん? お兄さんは元気? ガキのくせしてうるさいぞって、私よく言われたわ」

ジャヨンはウンシルの記憶力の良さに舌を巻いた。

「父は今は違う仕事。兄は相変わらずよ」

「そういえばさ、実はあたしも入試受けたんだけど、そのときあんたのそっくりさんを見たのよ。てっきりあんただと思って声をかけたら、イ・シニって名前の子だった」

ジャヨンは言葉に詰まり、返答できなかった。あの時のことは胸の中でずっと小さなしこりとなって残っている。替え玉受験の片棒を担いだことは秘密にしたかったが、ジャヨンは迷った挙句、ウンシルには嘘《うそ》をつき通せないと結論した。親友だった彼女に隠し事をしていたくない。

「ウンシル……。あれ、私だったの……」

「え、どういうこと？」狐《きつね》につままれたような顔で、ウンシルはジャヨンの顔を見つめた。

「いろいろあって……でも、そのことはいつかきっと話すからね」

「そう……。でも、無理することないって」

ウンシルは明るく笑った。ジャヨンは友人の優しさに胸が熱くなった。

「待たせてごめん」

その声に振り返ると、スンジェが階段を駆け上ってきたところだった。彼の顔を見た途端、ウンシルは店中に響くような声を上げた。

「わあ、カッコいいじゃん！」

周囲の客が一斉に注目した。ジャヨンは大勢の視線を感じて気恥ずかしくなったが、それが話題をサラリと変えるためのウンシルの気遣いであることはよくわかっていた。

ヒョヌがシニを連れていったのはシックな雰囲気の高級レストランだった。

このデートを最大限に利用しよう。シニはそう考えていた。自分の魅力をヒョヌに気づかせると同時に、いかにジャヨンが彼に相応しくないかを吹き込むのだ。

(男なんてみんな幼いの。あっちこっち、よそ見をするものよ)

母はそう言っていたけれど、だからといって容認できるわけではない。別の女に関心を持つのはほんの気まぐれだとしても、決してそれ以上に進展させてはいけないのだ。怪しい芽はできるだけ早いうちに摘んでおくに限る。

シニはジャヨンの行状をほんの少しオーバーに喋ることにした。

「こんなことを言いたくはないんだけど、恥ずかしいったらないの。門の電灯の真下で、どこかの男と抱き合っちゃって。何だか、キスもしてたみたいなのよ。その男がまたゴロツキ風というか、何というか……」

「もう一杯ワインをどう?」ヒョヌがまるで話を遮るかのように尋ねた。

話の腰を折られた彼女は思わず「ええ」と答えたが、差し出されたボトルを見て、ハッとわれに返った。酒飲みの女と思われてはいけない。

「やっぱり、やめとく。お酒はそんなに強くないの。ヒョヌさん、どうぞ」

そう言いながらジャヨンの暴露話をどこまで喋ったか思い出そうとしたとき、唐突にヒョヌが尋ねてきた。

「彼女に渡してくれた？」

「え、何？」

「ジャヨンへのプレゼント」

シニは言葉に詰まった。ヒョヌの贈り物をジャヨンなんかに渡すつもりは毛頭ないが、頼みを無視したことで彼に嫌われるのではないかと不安になったのだ。咄嗟《とっさ》に嘘をつくことにした。

「ああ、あれ……。ジャヨンには直接渡せなかったの。でも、彼女の母親に渡したから届いたと思う。そう、その母親っていうのが、用もないのに私たちのリビングに来ては、仕事をするフリをするのよ。ついでにあちこち覗き回ったりして。いやらしいったらないの」

「大人に向かって失礼だぞ」

ヒョヌの厳しい口調に、シニの表情がこわばった。どうやら言い過ぎてしまったようだ。どう取り繕おうかと考えている矢先、彼の発した言葉にシニは耳を疑った。

「ところで、ジャヨンは元気にしてる？」

彼女は神経を逆なでされて、思わず強い調子で食ってかかった。

「ヒョヌさん、一体どうしちゃったの⁉　そんなに彼女のことが気になるのなら、紹介してあげようか⁉」

ヒョヌはシニの剣幕に一瞬たじろいだようにも見えたが、すぐにいつもの穏やかな口調で言った。

「シニ、僕は預けたものが届けられたか、確かめてるだけさ。どうしてそんなに怒るんだ？」

彼に澄んだ瞳《ひとみ》で見つめられ、彼女はまた混乱してしまいそうだった。とても嘘や言い訳とは思えない。彼がそう言うのなら、そうなのだろう。

「ごめんなさい……」

心から納得したわけではないが、彼女は取り乱したことを詫《わ》びた。

それからはヒョヌが話題を変え、デートも比較的楽しいものへと変わった。もともと感情をむやみに表に出すことのない彼が、心から楽しんでいたのかどうかは判然としない。だが、少なくともシニにとっては最高の週末デートになった。

繁華街を腕を組んで歩き、ブティックに入る。シニはそこでヒョヌにカチューシャをねだった。買ってもらったカチューシャをさっそく頭に着けると、シニはまるで子供のように喜んでみせた。しばらくすると、彼が別のカチューシャを手にしてレジカウンターへ向かうのが見えた。

「ヒョヌさん、これ一つで十分よ」

彼女がそう声をかけると、ヒョヌはためらいがちに答えた。

「……これはジャヨンに」

シニの中で怒りが爆発した。またジャヨン！　せっかくのデート中に彼女の名前ばかり聞かされて、シニは耐え難いほどの屈辱を感じた。だが、彼の前ではそんなことは少しも感じさせないように何とか笑顔で通した。

彼と別れて部屋に帰るやいなや、シニはバッグを床に叩きつけ、ジャヨンにと託されたショッピングバッグを化粧台に放り出し、頭からカチューシャをむしり取った。悔しさのあまり気絶しそうだった。ドアが開いて妹のジョンヒが入ってきたが、取り繕うことができないほど憤怒が全身にたぎっている。そんな姉の事情も知らず、妹は無邪気に尋ねた。

「ねえ、お姉ちゃん。ジャヨンさんはいつごろ帰るかわかる？」

「どうして？」つっけんどんに答える。

「数学でわからない問題があるの。教えてもらおうと思って」

あんたまでもジャヨン、ジャヨンって！　シニは思わず怒鳴った。

「あんた、他に勉強教わる親友もいないの!?」

「何かあったの？」妹は怪訝《けげん》な顔をした。「ヒョヌさんとデートだったんでしょ？」

「知らないわよ」

姉の癇癪《かんしゃく》に慣れている妹は肩をすくめた。ふと見ると、化粧台に新品のカチューシャが転がっている。

「これ買ったの？　可愛い」そばにはきれいに包装した袋もある。「あれ、こっちは？　もしかして私にも何か買ってくれたの？」

「あんたにあげる」

「え？　本当に貰ってもいいの？」

それには答えず、シニは大きくため息をついた。

「ヒョヌさんたら、何だかおかしいのよ。せっかくのデートなのに、ジャヨンと一緒に来いだなんて言うの。それに、カチューシャを私に買いながら、ジャヨノの分まで買うのよ。理解できない」

「ふーん」気のなさそうに妹は答える。

「同情するにもほどがあると思わない？」

「同情？」

「そう。年末年始に貧しい人に愛の手を、よ。まあ、いいわ、それ持って出てって」

シニがベッドに寝転ぶと、ジョンヒは戸惑いながら袋を持って部屋を出ていった。

あっという間に夏が過ぎ、秋の足音が聞こえてきた。

ジャヨンはスンジェとデートを重ねるごとに気持ちを深めていた。二人のデートはいつもつつましい。食事は数回に一度はコンビニエンスストアで食べるカップラーメンだし、デート場所は公園が多い。だが、二人ともそれに不満はなかった。着ている物も大体同じだった。スンジェはほとんどいつも濃紺のウインドブレーカーだし、ジャヨンは彼にプレゼントされたベージュのタートルネック。一度スンジェがしげしげとセーターを見て「どうしていつも同じものを着てるの？」と不思議そうに尋ねたことがあった。あまり服を持っていないことは知っているはずなのに、とジャヨンのほうが不思議だったが、「好きな人が買ってくれたからいつも着ていたいの」と答えると彼も笑っていた。

そして、デートの帰りは必ず彼がジャヨンを家まで送り、頰《ほほ》にキスする。それもずっと続いている儀式だ。

「おやすみ。君の夢を見るよ」

「私もあなたと夢で会うわ」

いつもの通りだ。だが、その夜は、手を振って歩いていくスンジェの背中を見ているうちに、ジャヨンの中に言い尽くせぬほどの愛しさがこみ上げてきた。このまま別れがたい気がして、思わず彼を追って腕を絡ませた。

「バス停まで送ってあげるわ」

二人は停留所まで歩きながらお喋りを楽しんだ。大通り沿いのバス停に着いた途端、彼の乗るバスがやって来た。

「それじゃね」

二人は手を振り合ったが、なぜかスンジェはその場に立ち止まっている。その間にバスは行ってしまった。

「どうして乗らなかったの?」

「混んでたから」

二人は笑みを交わした。行ったばかりのバスはガラガラだったのだ。次のバスが来るまで、風の吹きつける中を立ち続ける。二人は寒さに震えながらも、冗談を言って笑い合った。

ようやくバスが来た。しかし、今度もスンジェは乗り込まない。

「今度はどうして?」

「蛍光灯がついてるバスには乗らないことに決めてるんだ」

スンジェはジャヨンの手を引くと、今来たばかりの道を戻り始めた。

「家まで送るよ。君をバス停に一人残しては帰れない」

これでは同じことの繰り返しになってしまうと、ジャヨンは可笑しくなった。

「そのうち夜が明けちゃうわ」

「明けて結構！」

この人と出会って本当によかった。彼の無邪気な笑顔を見て、ジャヨンはそう思う。こうして彼と一緒にいれば、何も怖くない。彼とすごす時間が増えるにつれて勉強がおろそかになり、事実、模擬試験の成績が下がってはいたが、勉強のためにデートを犠牲にするなど今の彼女には到底できそうになかった。


九月から始まった大学の二学期もすでに一ヵ月が過ぎようとしている。

シニは講義に出ることもほとんどなくなり、クラスのモノマネ名人にちゃっかり代返を頼んでは、友達と遊び回っていた。

父親のイ・テクチュン議員から携帯電話に連絡が入ったのは、昼間からネイルサロンで馬鹿話に興じている真っ最中のことだった。すぐにスーツに着替えて来るようにと言われた。有無を言わせぬ命令に、彼女は従うほかなかった。

国会の議員事務所に着くと、チェ補佐官から慌ただしく説明を聞かされた。三時に設定された新聞社のインタビューに同席するのだという。どうやら、次の選挙をにらんだイメージ戦略の一環らしい。名門大学に通う娘と大学教育の現状を話し合う、教育問題に熱心な国会議員。そんな印象を国民に植えつけたいのだ。シニを同席させようと発案したのは補佐官で、父親もすぐに賛同したということのようだ。

応接用のソファでナラ口報の女性記者がインタビューを開始し、カメラマンが立て続けに写真を撮り始めたとき、シニはかなり緊張していた。

メディアに露出するのは嫌いではない。ヒョヌの母親にも好印象を与えられるのではないかと思う。けれども、何か下手なことを言ってインタビューを台無しにしてしまったらと思うと、冷や汗が出そうなくらい緊張する。それは父親にとって、何よりも許し難いことだ。平手打ちなどでは済まされない。

「お嬢さまはよくここへいらっしゃるのですか？」

自分の話題が出て、シニは意識を記者に戻した。

「ええ」父が笑顔で答える。「時間があれば来て、キャンパスでの出来事を話していってくれます。まあ、何ていうか、私の大事な情報提供者とでも言いますかな？」

女性記者は好意的に笑ったが、シニは居心地が悪かった。父の言葉に事実は一つも含まれていない。

「お父さまは、ご自宅ではどんな方なんですか？」

いきなり話を向けられてシニは焦った。カメラのレンズが自分をとらえたのを見ると、膝《ひざ》を揃《そろ》え、その上にネイルサロンで爪《つめ》を整えて来たばかりの手を置く。微笑みながら父の顔を窺うと、作り笑顔の下で目だけが冷たく光っていた。

「とても良い父ですわ」笑みがこわばっているのが自分でもわかる。「私や妹と一緒に最近のヒット曲を聞きながらダンスしたりもするんです。父といると世代の差を感じません」

まったくの嘘だったが、父の反応を見ると、どうやら合格の答えのようだ。

「今は大学一年生でしたっけ？　高校三年のときは、厳しくありませんでした？」

「そうですね。少しは……」

そこまで言うと、すぐに父が続きを引き取った。

「わが国の教育制度は、毎年ころころと変わりすぎると思いませんか？　夢多き子供たちがそのたびに振り回されるのは、本当に気の毒で仕方がない。勉強より自分のやりたいことをやらせてあげるべきです。ですから、私は娘には大学進学を強制しませんでした」

よく言うわ……。本心とはまるで逆のことをスラスラ言える父を見て、シニは憮然《ぶぜん》としていた。けれども、これが政治家である父の姿なのだ。それに対して刃向っても意味がない。私はこの人の娘なのだから。

シニは記者が視線を向けてきたのを見て、慌てて笑顔に戻った。

デートの後、スンジェはいつものようにジャヨンを邸宅の門の前まで送っていった。彼は彼女の瞳をじっと見つめて訊いた。

「唇にキスしていい?」

「まだ……だめ」

「いつになったら、許してくれる?」

「入試が終わったら」

試験は十一月初旬に実施される。あと一ヵ月くらい辛抱できると彼は思った。たかがキスを焦って、せっかくの宝物を失いたくない。彼は誠実な態度を崩さずにうなずいた。

「わかった。それまで待つよ。入試が終わったら、いいね?」

ジャヨンがはにかみながら「うん」とうなずく。

「それじゃ、行くよ」

彼女に手を振って十メートルほど歩いたところで、黒塗りの高級車とすれ違った。車は彼があとにしたばかりの邸宅の前に近寄っていく。スンジェは振り向いて、街灯に照らし出された光景に目を凝らした。

車が門の前に停まると、ジャヨンが深々とお辞儀した。助手席から若い男が機敏に降りて後部ドアを開け、テレビで顔を見たことがあるイ・テクチュン議員が出てきた。それに続いて若い娘が降りてくる。

ジャヨンはというと、門の脇で一行が中に入るのを見送っている。なぜ一緒に入らないのだろうと彼は不思議に思った。

やがてその場には、車の横で一礼しつつ議員を見送る運転手とジャヨンだけが残された。頭を上げた運転手が口を開く。

「今帰ったのか？　まったく、こんな遅い時間までほっつき歩いて……。先に入ってなさい。私は車を置いてくるから」

スンジェは衝撃を受けていた。ジャヨンは運転手の娘？　国会議員の娘ではないのか？　見ると、彼女は「早く行って」と手振りでこちらに合図している。あれは、父親に恋人を見られたくない娘の態度。間違いない、彼女は運転手の娘なのだ。

小さく手を振りながらジャヨンが門の中に消える。だが、彼はもはやその姿を見てはいなかった。

警備の仕事を始めたばかりの頃《ころ》、先輩と共に巡回車で回っていたとき、スンジェはこの近辺には有名人が多く大事な顧客が集まっていると聞いた。国会議員イ・テクチュンの邸宅を教えられた直後、そこから上品そうな女子高校生が出てくるのを見た。議員の娘だろうと先輩がつぶやいたのを鵜呑《うの》みにし、いつか利用できるのではないかと顔を覚えておいたのに。

とんだ間違いをしでかしてしまった。

与党の実力者で巨大企業の経営者でもあるイ・テクチュンの娘をモノにすれば、コネも金もない俺が社会でのし上がることができる。そう思ってこれまでやってきたことが、すべて水の泡になってしまった。あらゆる機会を利用して俺に惚《ほ》れ込ませた相手が、何と運転手の娘だったとは……。

スンジェは自分の失策に愕然《がくぜん》とした。そして、こみ上げる怒りと失望に茫然《ぼうぜん》としながらその場に立ちつくしていた。


あれからスンジェと連絡がさっぱり取れなくなってしまった。贈られたポケベルは一向に鳴らないし、彼のポケベルにメッセージを入れても梨《なし》のつぶて。もう何日になるだろう。ジャヨンの不安は日ごとに深まり、とても勉強など手につかなかった。

そんなある夜、シニの妹ジョンヒが地下にやって来た。数学の問題でわからないところを教えてほしいと言う。高校三年生の彼女も入試前の追い込みなのだ。ジャヨンが解法を説明すると彼女は感謝の言葉を口にしたが、立ち去ろうともせず、座ったままもじもじしている。

「他にわからないところがあるの？」

「実はね……」彼女は小ぶりの紙袋を取り出した。「これ、ヒョヌさんからの贈り物。ジャヨンさんにって」

ジャヨンは一瞬、誰のことだかわからなかった。

「ほら、お姉ちゃんの誕生日に来た、チェソン財閥の……」

「ああ」言われて思い出す。「でも、なぜ彼が私に?」

「知らない。でも、確かに渡したからね」

ジョンヒはそう言って立ち上がり、「じゃあね」と地上への階段を上っていった。

紙袋から箱を取り出して開けてみると、高価そうなカチューシャが入っていた。こんな物をくれるなんて、どういうつもりだろう。彼女は少し気味悪くなり、そのまま箱に戻して脇に押しやってしまった。それよりも、スンジェから連絡が来ないことで頭がいっぱいだった。

翌日、予備校の公衆電話から警備会社に電話してみて、ようやくスンジェをつかまえることができた。

呼び出されて電話に出た彼の声を聞くと、嬉《うれ》しさが胸いっぱいに広がった。

「私よ、ジャヨン。連絡がないんで、ずっと心配してたの」

「最近忙しかったんだ。……会社の電話番号、君に教えたっけ?」

「名刺に書いてあったわ」

「そうか……。で、用件は？」

彼の声は心なしか素っ気ない感じがする。

「水曜日にちょっと会えないかしら？」

「いや、その日は仕事だから」

「そう。じゃあ、木曜にまた電話する」

「電話？　……わかった。水曜に会おう。クギドン方面を巡回するから、ついでに家の近くまで行くよ」

ジャヨンは胸が高鳴った。彼が時刻を指定したので、安心して電話を切った。

予備校からの帰り道、ジャヨンはデパートに寄った。何か素敵なプレゼントをしよう。そう思っていろいろと見て回り、コートやシャツを頭の中で彼に見立ててみたが、結局買ったのは財布の中身に見合う男性用ハンカチ二枚だった。


キャンパスの裏手に停めてあるヒョヌの車の脇で待ち伏せしたシニは、彼に家まで車で送ってもらうことになった。車中でこれからデートに行こうと誘ったが、彼はサッカーの試合を家で見たいと言う。彼女はすかさず「うちのテレビで一緒に見ましょうよ」と説き伏せ、ヒョヌを一人で自宅に招くことに成功した。

有項天の彼女は何気なくつぶやいた。

「私も車が欲しいなあ」

「免許は？　試験受けたの？」

「あ、いえ……まだよ」

筆記で何度も不合格になったとは口が裂けても言えない。彼女は慌てて話題を変えた。

「ヒョヌさんに買ってもらったカチューシャ、あれから毎日してたの。友達に好評だったのよ。ボーイフレンドにプレゼ……」

「ジャヨンにも渡してくれた？」ヒョヌは彼女の言葉を遮った。

シニは開いた口がふさがらなかった。そんな彼女にヒョヌは重ねて訊く。

「渡したの？」

彼女は仕方なく「うん」とうなずいて黙り込んだ。またジャヨンの話。本当に気があるのではないかと勘ぐりたくなるほど、彼はジャヨンに興味を示している。だが、彼女に決まった恋人がいるとわかれば、ヒョヌも諦《あきら》めるだろう。彼が他人の恋人を奪うような育ちの悪い人間でないことを、シニは天に感謝した。

車から電話を入れておいたので、玄関を開けると母親がにこやかに待っていた。

「さあ、どうぞ。遠慮せずに入ってちょうだい。これからもどんどん遊びに来てね。うちは娘二人で男の子がいないでしょ？　だからあなたを見てるだけで嬉しいの」

ダイニングテーブルにはすでに料理が用意されていた。二人で席に着くと、よい香りと共にジャヨンの母が湯気の立つ鍋《なべ》を持って現れた。急な来客だから彼女を呼んだのだろうと、シニは思った。もっとも頼まなくても何かと顔を出したがるけど……。

ジャヨンの母親を見て、ヒョヌが「誰？」と問うような顔をシニに向けた。彼女は抑揚のない声で教えた。

「パパの運転手の奥さん。ジャヨンのお母さんよ」

ヒョヌは立ち上がって「はじめまして」と一礼した。

「こんにちは」ジャヨンの母はもみ手でもしそうな勢いで愛想を振りまく。「チェソン財閥のお坊ちゃまだとお聞きしてます。まあ、本当に明るくて誠実でハンサムでいらっしゃること。どうぞ、たくさん召し上がってくださいね。この鍋は、特別おいしく作りました」

まったく余計なことばかり言うんだから。シニは不機嫌な声で尋ねた。

「ジャヨンは帰ってる？　それとも、今日もデート？」

「デートって？　何の話？」ジャヨンの母はぽかんとしている。

「おばさん、知らないんだ。だったら、いいわ」

「ちょっと待って、シニ。あの子、男とつきあってるの？」

「直接聞いてみてください」

シニはとぼけたが、ジャヨンの母には何やら思い当たる節があるようだった。

「それでこの頃、電話の前を子犬みたいに行ったり来たり……。そういえば、いつからかポケベルも持ってたわ」

ジャヨンの母は思わぬ掩護《えんご》射撃をしてくれた。これはいい展開になってきたとシニはほくそ笑み、さらに一言付け加えることにした。

「恋愛にポケベルは必需品だもの。きっとカレに貰ったんでしょ」

「シニ、あなたは何にもないの？」芝居がかった声で母が口を挟む。「浪人生だって恋愛してるのよ。大学生のあなたが何もないだなんて、情けないわね」

母の言葉に背中を押してもらうと、シニはこれ見よがしにヒョヌに視線を送って言った。

「私だって、好きな人ぐらいいるわよ」

「あら、そうなの？」母は大げさに答えると、二人を笑顔で見た。

料理に手を付け始めたとき、電話のベルが鳴った。地下室から持ってきている子機だ。

「もしもし」ジャヨンの母が出る。「あら、戻ったのかい？　上にいたからブザーが聞こえなくて。わかった、すぐに開けるから」

ジャヨンが帰ってきたらしい。シニがヒョヌを窺うと、心なしか落ち着かない様子をしている。それでも、シニは深刻に考えないことにした。ジャヨンが恋愛中であることを彼に印象づけたので、ひとまずは安心していたのだ。

ジャヨンの母が「失礼します」とお辞儀をして出て行く。きっとすぐに彼氏に関する追及が始まるだろう。シニはいい気味だと思った。

ジャヨンが門を入った途端、母は娘の手をぐいっと引き、地下への階段を急ぎ足で降りていった。靴を脱ぐのももどかしく部屋に入るやいなや、母はジャヨンを問いただした。

「ジャヨン、お前最近、男と付き合ってるんだって？　相手は誰なの？」

「シニから聞いたの？」

「そうよ。ね、いったい誰なんだい？　言ってごらん。同じ予備校生かい？」

ジャヨンは舌打ちしたい気分だった。シニの嫌がらせには、まったく我慢がならない。それに今はスンジェと会えない状態が続いている。母にとやかく言われたくなかった。

彼女は母の問いを無視し、部屋に入ろうとした。

「まったく、浪人のくせに恋愛なんかして！」

途端にジャヨンの動きは止まった。浪人することになったのは一体誰のせいなのだ。

「お母さんにそんなこと言う資格があるの!?」

激しく怒りをぶちまけると、母は急に黙り込んだ。ジャヨンは部屋に入ってドアを閉めた。机に座り、買ってきたプレゼントをリュックから出す。二枚のハンカチは箱に入れ、鮮やかなショッキング・ピンクの包み紙でラッピングしてもらった。

彼女はカードを取り出し、メッセージを書き始めた。久しぶりに会えると思うと、さきほどの母の態度に対する怒りも鎮まり、自然と笑みがこぼれてくる。水曜日は私たちにとってお祝いすべき日だ。本来なら、どこかで食事でもしたいけれど、彼が仕事なのでは仕方がない。その代わり、このメッセージに気持ちを込めることにしよう。ジャヨンは、思いの丈を書き綴《つづ》ったカードをシールで箱に留めた。

箱を胸に抱き、会える日のことを頭に描いてみる。考えてみれば、会えなくなってから一週間ほどしか経っていない。それなのにこんなに寂しい思いをするなんて。自分の想いがどれほど深いものかを、彼女はあらためて思い知らされた。

この一年は辛いことばかりだったが、それを支えてくれたのはスンジェだ。愛しくてたまらない人。何よりも大切な存在。

夜が更けるのも忘れ、彼女は物思いにひたり続けた。結局、その夜は予備校のテキストは開かれることがなかった。

水曜日になった。

ジャヨンは待ち合わせの公園に向かっていた。約束の時間にはまだ早かったが、久しぶりに彼の顔を見られると思うと、家にじっとしてなどいられない。

坂道を下り、公園への道を曲がろうとしたとき、直進道路の先に見慣れた車が停車しているのが見えた。株式会社ガードマンの巡回車だ。ジャヨンは顔を輝かせて小走りに近づき、車内に誰もいないのを見て取ると、目の前にあるセブンイレブンに入った。

店内を眺めると、奥のカウンターテーブルで警備会社の制服を着用した二人の男がカップラーメンを食べながら談笑している。背中を向けている人物は、間違いなくスンジェだ。

ジャヨンは胸の高鳴りを覚えながら、商品棚の陰に隠れてゆっくりと近づいた。急に姿を見せて彼を驚かせるつもりだった。そのとき、二人の会話が聞こえてきた。

「うまくいってるのか?」同僚が尋ねている。

「何が?」久しぶりに生で聞くスンジェの声。

「みんなが噂してるぞ。お前が熱愛中だって」

それを聞いてジャヨンは顔が赤らむのを感じた。

「俺が熱愛中?」

「ああ。それもイ議員の娘だって?」

ジャヨンは足を止めた。イ議員の娘……？　だが、スンジェの答えはもっと不可解だった。

「議員の娘だとばかり思ってたんだけどな」

「違うのか？」

「とんだ見当違い。無駄骨さ」スンジェは吐き捨てるように言った。

「どうして？」

彼は音を立ててスープを飲み干した。

「議員の娘じゃなくて、運転手の娘だったんだ。がっかりさ」

「父親の職業なんて関係ないだろ？　大事なのは人柄じゃないか」

「それが、人柄もよくないときてる」

「振ったのか？」

「好きでもないのに、振るも何もないさ」

ジャヨンはあまりのショックにその場に凍りついていた。まるで信じられなかった。自分の耳を疑いたかった。あのスンジェがそんなことを？

彼女の両目から涙が溢《あふ》れ、頬をつたった。全身にみなぎっていた喜びがいっぺんに消え、代わりに悲しみが怒濤《どとう》のように押し寄せてきた。もはや、店にいることもできなかった。彼女はきびすを返すと、逃げるようにコンビニから飛び出し、振り返りもせずに道路を走った。見慣れた往来が涙でにじみ、踏みしめるアスファルトが今にもぐずぐずと溶け出してしまいそうだった。それでも、彼女は声が出ないよう掌で口をきつく押さえて走り続けた。大きな石垣の曲がり角を折れてから、ようやくジャヨンは立ち止まった。体から力が抜け、そのまま石垣にもたれかかる。たちまち嗚咽《おえつ》が漏れ、辺り構わず泣き出した。涙を拭《ぬぐ》おうとして、彼へのプレゼントをまだ手にしていることに気づいた。彼女はそれを憎しみのこもった目で見つめると、力まかせに路上に投げ捨てた。ラッピングした箱が道端に落ちると、その勢いでシールがはがれ、二つ折りのカードが開いた。そして、もはや彼に読まれることのないメッセージが、寂しそうに現れた。

贈り物がみすぼらしくて、ごめんなさい。
でも、誕生日を心からお祝いします。
来年はもっといい物をあげるからね。
あなたへのプレゼントを選んでいるとき、
とても幸せな気分でした。

ジャヨン

T r u t h

第四章　三角関係

家に帰ったジャヨンは地下室には向かわず、建物の横手の陰にしゃがみ込むなり泣き出した。部屋には戻りたくなかった。多分、公園で待ちぼうけをくわされたスンジェから連絡が入ることだろう。だが、今は彼の声など聞きたくもない。彼女は押し寄せる悲しみにくれていた。泣いても泣いても涙が止まらない。

「ジャヨン、どうした？」

その声にハッと顔を上げる。チェ補佐官が心配そうな顔でジャヨンを見下ろしていた。ちょうど今帰宅したところらしい。どれほどの時間、ここで泣いていたのだろう。辺りはすっかり夕闇《やみ》に包まれていた。

「何かあったのか？」

「おじさん……」

彼はジャヨンを家の外に連れ出した。街を見下ろせる高台のベンチで、彼女は今日の出来事をすべて打ち明けた。黙って彼女の話を聞いていた補佐官は、優しい眼差しを彼女に向けた。

「むしろ、よかったじゃないか、そんな奴だってわかって」

ジャヨンはまだ涙の乾かぬ目で補佐官を見つめた。

「それに、ジャヨンならもっといい人に出会えるさ」

「……本当に終わりですよね？　彼はもう戻ってこないですよね？」

「戻ってほしいのかい？」

ジャヨンは自分でもその答えがわからなかった。

「早く忘れちまえよ」補佐官は明るく言う。

「彼はどうして運転手の娘を愛せないのかしら……」

「本気で好きだったんだな」彼は痛ましそうにジャヨンを見つめた。「なあ、これからは勉強に身を入れて一生懸命頑張ることだよ。大学さえ入ってしまえば、カッコよくて頭のいい男がわんさかいて、ジャヨンのことを放っておきやしないさ」

大げさな言い方に、ジャヨンの頬《ほほ》がわずかに緩んだ。

「いつかきっと君を心から必要とする立派な男が現れる。それまで少し待つんだ。な？」

彼女はうなずいた。親身の励ましに涙がこぼれ出た。

家に戻って電話で伝言をチェックしてみると、山のようにメッセージが残されていた。すべてスンジェからだった。

『予備校はどうだった？　今すぐ顔が見たいんだ』

子機のボタンを一つ押すと、「削除されました」と合成音が流れる。

『今、予備校の前にいる。終わったら、すぐ出てこれるか？』これも削除。

『ジャヨン、君のことが好きだ』

そのメッセージを聞いた途端、彼女は思わず再生の番号をプッシュした。

『ジャヨン、君のことが好きだ』

甘く優しい声。だが、今は虚ろに響くだけだ。

そのとき、ふと思い出した。暴漢に襲われて助けられた夜、スンジェは何も聞かないうちから巡回車を家の方向に向けて走らせた。今にして思えば、すでに私が議員の家に住んでいると知っていたのだ。すべては初めから計画されていた……。その卑劣なやり口に思い至り、彼女はためらうことなく愛のメッセージを削除した。

その夜、ジャヨンは一睡もしないで勉強に取り組んだ。

翌日から、彼女の生活は一変した。予備校でも家でも持てる力をすべて試験勉強に注ぎ込んだ。恋に夢中で眠りかけていた集中力が目覚めた。スンジェとの思い出を断ち切ろうとするかのように勉学に没頭することで落ちていた学力はたちまち元に戻り、さらにレベルアップしていった。

十一月初旬、ジャヨンは心身ともに最高の状態で大学修学能力試験に臨み、十二月には合格通知を受け取った。

そして三月。彼女は晴れてヨンシン大学の新入生となった。


イ議員の一家にも二人の試験合格者が誕生した。

妹のジョンヒが大学に合格し、シニもようやく運転免許試験に受かったのだ。さっそく母と二人の娘は、連れ立って自動車ディーラーにやって来た。

念願のマイカーを買ってもらうというのに、広いショールームを歩くシニの顔色は冴《さ》えなかった。ジャヨンが自分と同じキャンパスに通うことが面白くないのだ。それは、同じ家に住む優秀な同級生と何かと比較されてきたことへの拒否反応でもある。

「わざわざ私と同じ大学に来なくたっていいじゃない。ジョンヒの大学だって結構優秀なんだから、そっちへ行けばよかったのよ」

文句を言うと、妹は皮肉っぽく口を挟んだ。

「だって、彼女が実力を出せば、去年と同じ大学に受かるのは当然でしょ？」

「うるさい！」

「本当のことじゃない？　私、間違ったこと言った？」

見かねた母が「これ、二人とも」と諫《いさ》める。替え玉のことを思い出させられたシニは、不安な表情で母を見ると声をひそめた。

「ねえ、ママ。彼女、変な噂《うわさ》を立てたりしないかな？」

「どんな？」

「実は私がシニの替え玉よ、だとか……」

耳をそばだてていた妹が冷笑を浮かべたが、母はなだめるような笑顔を見せた。

「いくら何でも、自分の首を締めるような事はしないでしょ」

シニはそれを聞くといくらか安心し、目の前に展示してある純白の車に乗り込んだ。

「ママ、この車はどう？　気に入ったわ」

「これはダメ。外車だもの」

「何でも買ってくれるって言ったじゃない」

「大学生の娘がこんな贅沢《ぜいたく》な車を乗り回してたら、対立候補に何を言われるやら。パパの立場が悪くなるのよ」

「いつもそればっかり。頭にきちゃう」

彼女は口を尖《とが》らせた。

「首席合格か。それはすごいな」

チェ補佐官は嬉《うれ》しくてグラスを差し出した。

「じゃあ、一気」

ジャヨンも「一気」とグラスを合わせて焼酎《しょうちゅう》を一息に飲んだ。酒の強さに顔をしかめ、声を立てて笑う。彼女の姿を見て、補佐官は胸を撫《な》で下ろしていた。男に裏切られ、落ち込んでいたときから比べると、まるで別人のように明るくなった。

新入生オリエンテーションで男子学生たちと一緒にダンスを教わったこと、英文科の歓迎会で「当科に十年ぶりに誕生した女性首席合格者、イ・ジャヨン」と紹介されて恥ずかしかったこと、そこでみんなの前で歌を歌わされて困ったけれど、少しだけ気持ちよかったこと……。

ジャヨンは大学での様子を次から次へと楽しそうに語った。一年待った末に始まったキャンパスライフは、彼女にとって新鮮な出来事の連続らしい。補佐官はそれをまるで自分のことのように嬉しく感じていた。

「はい、これ。入学祝い」

彼はカバンから小さな箱を二つ出して、屋台のテーブル上に置いた。ジャヨンは遠慮がちに箱を開けた。中からポケットベルが出てくる。

「奴から貰《もら》ったポケベルは処分したんだろ？　でも、これから必要だろうと思って」

「ありがとう、おじさん」

ジャヨンは笑顔で受け取った。そして、もう一つの箱の蓋《ふた》を開けると顔を輝かせた。四つ葉のクローバーをかたどったヘッドの付いたペンダント。チェーンは十四金だ。

「そっちは、幸運のクローバーだよ」

「おじさん。このペンダントを着けたら、本当に幸せになれる？」

「当然さ！」

彼女はまた白い歯をこぼれさせた。見ているこちらも幸せになる笑顔。久しぶりに補佐官は酒が旨く感じられた。

「一杯頼む」

彼はグラスを差し出した。ジャヨンはなみなみと焼酎を注ぐと、彼をじっと見つめた。

「私ね、この国で一番優秀な同時通訳者になってみせる。これでも自信あるの」

「そうか。じゃ、俺は各国首脳の横にいる君の姿をニュースで見てるよ」

「おじさんは、これからどうするの？」

「俺は学術補佐官を二年勤めた後に、ボストンへ留学するつもり」

「ボストンか……。そのときは、恋人も連れてくんですか？」

「そうしたいけど……」彼は口が重くなったが、すぐに陽気に喋《しゃべ》り出した。「もちろんさ。結婚して連れて行く。そのときはアメリカに遊びに来いよ」

ジャヨンは「うん」とうなずいた。

「それじゃ、ジャヨンの輝かしい未来に乾杯！」

「乾杯！」

二人はまた一気にグラスを干した。


大学生活はますます面白くなっていた。講義のレベルは高く、教授たちの広範で深い知識を吸収することで自分の世界が見る見る広がっていくのをジャヨンは実感していた。教室と図書館の往復ばかりで友人たちと遊ぶ機会はほとんどなかったが、毎日が楽しく充実していた。

ある日、図書館に向かって歩いているとき背後から「ジャヨンさん」と呼びかけられた。振り向くと男子学生がにこやかに立っている。

「チョン・ヒョヌです。シニの誕生会でお会いした……」

彼女はすぐに思い出したが、あまり楽しい記憶ではない。ひとまず頭だけは下げた。

「今日はどうしてここにいるの？　シニに会いに来たんですか？」

「いえ、私も今年からここに入ったんです」

「本当に？」彼は目を輝かせた。「大学の後輩かあ。シニのやつ、何も言わないから知らなくて……。とにかく、入学おめでとう」

ジャヨンは彼の喜びように戸惑いつつ「どうも」とまた頭を下げた。

「後輩の君に学生会館のコーヒーでもおごるよ。これから時事英語サークルがあるんだけど、見学に来ない？」

「いえ、今日は約束があります」

会釈して図書館に向かいながら、彼女は考えていた。以前のプレゼントといい、なぜ私に馴《な》れ馴れしくするのだろう。彼は悪い人ではなさそうだ。だが、私とは別の世界の住人。シニと同じ世界の人間だ。彼らとは距離を置きたい。

翌日、一日の講義が終わって英文科の棟を出ると、そこに笑顔のヒョヌが待っていた。

「ジャヨンさん、僕のおごりで夕食でもどう？」

「講義がありますから」

ジャヨンは嘘《うそ》をついて断ったが、彼は一向にめげる様子はない。

「講義は終わったはずだよ。それとも、明日の三限の英文法が今から始まるの？」

彼女は驚いて返答に困った。時間割をすっかり調べ上げているらしい。

「この辺のおいしい店とか、まだ知らないでしょ？　僕が教えてあげますよ」

「別に知りたくありません。それに、あなたには食事をおごる理由がないし、私にもおごられる理由がないですから」

そう言って会釈すると、ジャヨンはさっさと歩き出した。


真っ赤なクーペのハンドルを握るシニはご機嫌だった。ボンネットからルーフ、リアにかけて白のラインがペイントされた流線形のボディは、キャンパスではきわめて目立つ。学生たちに注目されながら走るのは気分がよかった。

ふと道路の先にヒョヌの姿を見つけ、クラクションを鳴らす。振り向いた彼に車を横づけして、彼女は助手席を指さした。

「ヒョヌさん！　乗って」

学内の並木道を走りながら、シニは気持ちが浮き立つのを感じていた。ようやく免許が取れたのも嬉しいし、こうして大好きなヒョヌとドライブできるのも嬉しい。

「初心者は若葉マークつけなきゃだめじゃないか」

「嫌よ。カッコ悪いんだもん」

思わず本音を漏らすと、ヒョヌはため息をついた。

「その先で降ろしてくれる？」

「そんなこと言わずに、もうひと回り付き合ってよ。ヒョヌさんと試乗会をしたかったの」

「どうしてジャヨンさんが入学したことを黙ってた？」

思いもかけぬ言葉にシニは急ブレーキを踏んだ。

「どうして知ってるの？」つい詰問口調で尋ねる。

「さっき偶然会ったんだ。図書館の前の道で」

彼女はたちまち気分が悪くなった。二人が顔を合わせるのはまずい。

「家から学校までどうせ同じ道なんだから、たまには彼女も乗せてやれよ」

「私、あの子の運転手じゃないわ」

シニは吐き捨てるように言った。だが、怒りの矛先はヒョヌではなく、いつも割り込んでくるジャヨンに向けられる。彼女は乱暴にアクセルを吹かし、車を発進させた。

ヒョヌを降ろしてからシニは市内を飛ばしたが、苛立《いらだ》ちは一向に消えなかった。むしゃくしゃした気持ちを抱えて車を自宅前に着けたとき、ちょうどジャヨンが道の反対側から歩いてくるのが見えた。

「今戻ったの？」

車を降りて訊《き》くと、ジャヨンは「ええ」とうなずいた。

「ちょっと、話があるの」

石段を無言で登り、二人で庭のテーブルに座る。シニは怒りにまかせて口を開いた。

「あんたのマンション、そろそろ賃貸契約が終わるんでしょ？」

「なんでそんなこと訊くの？」

「大学生になったのに、いつまで地下で暮らすつもりなの？　いい家があるのに、穴蔵みたいな部屋にいつまでもへばりついてる。ホント、あんたたちのすることは理解できないわ」

ジャヨンがムッとしたのがわかったが、構わずシニは続けた。

「あんただって、ここで私と顔を合わせるのは嫌でしょ？　私も嫌だもの。同じ大学に入ってからもっと嫌になった。別に姉妹でもないのに、高校の時から同じ学校に通って、同じ家に住んで。大学に入っても続ける気？　バカなコメディじゃあるまいし」

まくし立てるシニに呆《あき》れたようにジャヨンは訊いた。

「シニ、何が言いたいの？」

「早くこの家から出てって。マンションに住めばいいじゃない」

シニは言いたいことを吐き出してしまうと、足音も荒く席を立った。


シニの指摘は正しい。それはジャヨンも認めざるを得なかった。彼女にしてもこの家を早く出て行きたいと思っている。シニに理由もなく敵意を向けられるのも、何かにつけて惨めさを味わわされるのにも、ほとほと嫌気がさしていた。

ジャヨンは家族全員で囲んだ食卓でその話を切り出した。

「お母さん。マンションの賃貸契約は来月で満期よね？」

「うん、そうだけど。どうしてだい？」

「そのあと、私たちがそこで暮らす約束だったでしょ？」

「それがね、来月にはちょっと……」

母の言葉が途切れた。心なしか顔がこわばって見える。ジャヨンが嫌な予感を抱いた途端、隣で兄が急に頭を下げた。

「ジャヨン、すまない。来月に引っ越しできそうもないんだ」

「どうして？」

「預かった保証金で買った株が暴落しちまって……」

ジャヨンが驚きのあまり声を失っていると、父が鋭い口調で尋ねた。

「いったい何の話だ？　開業資金にしたんじゃないのか？」

「この子がすぐに始められる仕事もなくて」母がおろおろと釈明する。「お金を増やそうってことにしたんです。社債だとちょっと儲《もう》けが少ないし……」

「一体いくら損したんだ？　全額か!?　金額はいくらだ!?」

「残りは三千あるかどうかです。すみません」兄は頭を下げた。

ジャヨンは目の前が真っ暗になった。一億ウォンもの保証金がたった三千に……。兄は証券会社の友人に相談していたが、プロであるはずのその友人が仕掛けに乗って失敗し、彼を信用していた兄も丸損したという。

「保証金をどうやって返すつもりだ⁉」父が訊く。

「借主がもう一年居たいって、延長契約しました」母がとりなすように言った。

ジャヨンは唇を噛《か》んだ。どうしてこう悪いほう悪いほうへと事態が進むのだろう。これで地下室を離れることは当分不可能になってしまった。それだけではない。失った保証金を一年後までに元通り揃《そろ》えておかなければ、訴えられてしまうだろう。

お金を何とかしないと……。詫《わ》びる兄の言葉も耳に入らず、彼女は生計を助ける方法を考えていた。

翌日、登校したジャヨンはラウンジの掲示板に張り紙をした。

〈中高生の家庭教師します　英語・数学指導〉

その日のうちにポケベルに連絡が入った。表示された番号に電話すると、家庭教師のことでとにかく会いたいというので、校門前の喫茶店で待ち合わせることにした。

コーヒーを飲みながら待っていると、入り口にまたあの顔が現れた。ヒョヌだ。まるで行動を監視されているかのように、頻繁に出会う。

彼女は目を合わせないようにしていたが、彼のほうでジャヨンを見つけるとさっそく「こんにちは」と近づいてきた。彼女は仕方なく目礼だけ返した。

「ここ、座っていい？」そう言いながらヒョヌは向かいの席に腰を下ろした。

「ダメです」慌てて首を振る。「待ち合わせしてるんです」

「家庭教師の件でしょ？」

彼は天真爛漫《らんまん》な笑顔で答えた。なぜ彼が知っているのか、ジャヨンは不思議だった。

「僕ですよ。掲示板を見て、さっき電話しました」

ジャヨンは椅子《いす》を蹴《け》って店を飛び出した。不愉快を通り越して怒りが湧《わ》いてくる。家計が火の車のため、必死に仕事を探しているというのに。こんなこと、冗談では済まされない。

喫茶店の前の道を足早に歩くと、彼は追いかけてきて腕をつかんだ。

「ジャヨンさん、ちょっと待って！　イタズラじゃないんです。僕はジャヨンさんに英語が習いたくて」

彼女は手を振り払い、無視して歩き続ける。

「家庭教師が教え子を差別するなんて、ひどくない？」

ジャヨンはその言葉に腹が立ち、立ち止まって彼を見据えた。

「どうして私につきまとうの？」

「なぜって……」

「シニの命令なの？」途端にヒョヌの顔から笑顔が消える。「私、忙しいんです」

「今日の講義はもう終わったでしょ？」

「あなたと過ごす時間はありません！」

ジャヨンはもう振り返ることなくキャンパスに戻った。

その日、張り紙を見た人からの連絡は一件もなく、別の掲示板にも張ろうかと考えていた矢先、ウンシルから電話が来た。今はハンバーガー屋ではなくレストランでアルバイトしている彼女に、何か仕事があれば紹介してほしいと頼んでおいたのだ。

大学から少し離れたところにあるレストラン〈イタリアーニ〉に行くと、ウンシルがマネージャーに引き合わせてくれた。

「中学時代からの同級生なんです。誠実で、頭も良くて、大学にも首席で入学したし、この通り顔も可愛いし……」

顔の赤らむようなウンシルの過剰な褒め言葉のおかげか、「ウンシルさんの友人なら」というマネージャーの一言で採用が即決した。

二人は手を取り合って喜んだ。

「あんたと一緒に働けるなんて、ホント嬉しい」

「こっちこそ、紹介してくれてありがとう」

ジャヨンは収入の道を見つけられたことにほっとしていた。

「西欧の歴史において、大地創造の時代に向けられるわずかな好奇心とは対照的に、終末に対する彼らの興味は尽きることがなく、常に強い熱情を持って論じられる。聖書に書かれたヨハネの黙示録ほど西洋人の想像力をかき立てる予言は他に類を見ない……」

ラウンジのテーブルでニューズウィーク誌の英文記事をスラスラと翻訳していくシニを見て、ヒョヌは舌を巻いていた。今までの彼女の実力からすると信じられないほどの上達ぶりだった。

雑誌から顔を上げると、シニは得意げに微笑んだ。

「このくらいの水準なら、ヒョヌさんのサークルに入れそう?」

「すごいよ。すぐにでもコラム欄にデビューできる」

「同じサークルに入れるのね」シニは満面の笑みだ。「次の活動日はいつ?」

「そうだな、あさって来る?」

「うん、行きたい! 他の文章も頑張って訳してみようかな」

やる気満々でページを繰る彼女をヒョヌは笑顔で制した。

「休憩にしよう。コーヒーでも飲もうか？」

「じゃあ、私が買ってくる。小銭がたくさんあるの」

軽やかな足取りで自動販売機コーナーに向かうシニを見送って大きく伸びをしたとき、ヒョヌの目が何かをとらえた。さっきまでシニが座っていた椅子に雑誌が置いてある。見ると、彼女が訳したばかりのページが開かれていた。それで合点がいった。しっかり予習していたのだ。彼女の子供じみたやり方が可笑しくて、彼は思わず笑みを漏らした。

そのとき、ラウンジの外をジャヨンが通り過ぎるのが見えた。彼は急いで立ち上がり、彼女を追いかけた。

「この前はすみません。イタズラだと誤解されたみたいで……」

立ち止まったジャヨンは「別に」と冷たく答える。

「じゃ、許してくれる？」

「ええ、許しますから行ってください」

「でも、まだ怒った顔してる」

「怒ってません。約束の時間に遅れそうなの。もう、ついて来ないで」

困った顔でジャヨンが小走りに去っていく。彼女が迷惑がっていることはわかっているが、ヒョヌは言葉が交わせるだけでも楽しかった。彼女の後ろ姿が小さくなるのを見ているうちに、今度は本当のイタズラ心が湧き上がる。

彼は距離を置いて、ジャヨンの後を尾け始めた。大学からしばらく歩くと、彼女はレストランに入っていく。食事をするのかと思って大きなウィンドウから覗《のぞ》いていると、やがて着替えた彼女を見つけた。白いシャツに黒い蝶《ちょう》ネクタイ、カフェエプロンという格好をしている。ここで働いているのだ。

ヒョヌは店に入ることにした。ちょうどテーブルに料理を並べていたジャヨンと目が合った。しかし、彼女はすぐに顔をしかめて目をそらした。

彼は近くにいる店員を呼び止め、マネージャーの居場所を尋ねた。


「さっきの彼、知り合い?」

ジャヨンは控え室で弁当を食べながら「まあね」と答えた。ウンシルはヒョヌが入ってきたときの様子をちゃんと見ていたのだ。

「彼、お客じゃないわね。マネージャーと話してた」

「本当? 何の話?」

「さあ、そこまでは知らない」

ジャヨンは嫌な予感がしたが、翌朝それは的中した。ヒョヌがマネージャーに伴われて朝礼に姿を現し、しかも彼は店の制服を着ていたのだ。

「今日から入ったチョン・ヒョヌ君を紹介しよう」

従業員一同に「よろしくお願いします」と丁寧にお辞儀をするヒョヌを見て、ジャヨンは不愉快に思った。一体どこまでつきまとえば気が済むのだろう。

仕事中、彼は機会を見つけてはジャヨンの周囲をうろつき、気がつくと視線を送ってくる。彼女がドリンクコーナーでグラスに氷を入れているときには、ついに声をかけてきた。

「ジャヨンさん、いろいろ教えてくれる? 僕はまだコーラしか担当できないから」

たまりかねて彼女は強い口調で切り出した。

「一体どういうつもり?」

だが、ヒョヌは平然と答える。

「どういうつもりも何も、君に会いたいからさ。この方法しかなかったんだ」

そして、育ちのよさそうな顔に無邪気な微笑みを浮かべるだけだ。あまりにストレートで悪意は感じられない。それが余計にジャヨンを苛立たせる。彼女はわざとそっぽを向いて、飲み物を運ぶためにフロアへと歩き出した。

夜になり、大きなゴミ袋を抱えて裏口を出ると、さっそくヒョヌもゴミ袋を持って追いかけてきた。追い抜きざまにジャヨンの袋をさっと奪うと、トラッシュボックスに二つとも入れて戻ってくる。手をパンパンと払う仕草も彼女には気に障ってしまう。

「チョンさん。どうしてなの？　なぜ、つきまとうの？」

「さっきも言ったはずだよ。君に会いたいから。好きな人に会いたいのは当たり前でしょ？」

ジャヨンはすっかり呆れ返った。面と向かってこんなことを言うなんて、どういう人だろう。それにもし本気だったとしても、シニの憧《あこが》れの人なんて冗談じゃない。

「退屈しのぎに遊ぶ相手を探してるのなら、相手を間違えてます」

「違うよ、ジャヨンさん……」

「私にはボーイフレンドがいるの。明日からここへは来ないでください」

「ボーイフレンドがいるからって何？　君が別の人を想っていたとしても、僕は諦《あきら》めきれない」

その声が真剣さを帯びているのに気づいたが、それでもジャヨンには迷惑としか感じられない。

「私は、そちらが嫌いなんです」

「僕は、そちらがとても好きだ」

ジャヨンは苛立たしく思いながら、彼に背中を向けて店に入った。

仕事にも慣れてきた頃《ころ》、ジャヨンはわずかに体調を崩してしまった。体中がだるく、寒気もするが、それでも金を稼がなくてはならない。彼女は無理をしてレストランに出かけた。しかし、仕事中にどうにも気分が悪くなり、厨房《ちゅうぼう》の物陰にしゃがみ込んでしまった。

カウンターに戻ってきたヒョヌが目ざとく彼女を見つけ、心配顔で覗き込んだ。

「どこか痛いの？　何だか顔色がよくない」

彼女は「大丈夫」と言ったが、彼は額に掌を当ててきた。彼女はその手をさっと払いのけたが、彼は気にも留めずにつぶやいた。

「少し熱もあるみたい。風邪の引きはじめかな」

厨房から「サラダできたよ」と声がかかり、ヒョヌは立ち上がった。ジャヨンを何度も振返りながら、オリエンタルチキンサラダをトレーに載せて客席に向かう。途中でウンシルに出くわすと彼は尋ねた。

「ウンシルさん、救急箱、店に置いてませんか？」

「今日はどこを怪我したの？」ウンシルは笑って言った。ヒョヌは昨日鉄板で手を挟んだばかりだ。

「いえ。風邪薬が欲しいんです」

「それは多分ないと思うけど」

「じゃ……これ、お願いします」

彼はいきなりサラダをウンシルに押し付けた。

「ちょっと、何番テーブル？　どこ行くの？　待ってよ……」

ウンシルが叫んだときには、彼は店の外に飛び出していた。

しばらくして、五番テーブルの客がマネージャーに文句を言い始めた。頼んだ品物がなかなか出てこないという。マネージャーは平身低頭し、すぐに厨房に向かった。

額の汗を拭《ぬぐ》い、ようやくジャヨンが立ち上がったとき、マネージャーが血相を変えて飛び込んできた。

「チョン・ヒョヌ君はどこにいる？」

「わかりません」

マネージャーが厨房に「五番テーブルの料理を用意して！」と叫んだとき、そこへ息を切らしたヒョヌが帰ってきた。

「勤務時間中にどこをほっつき歩いてた？　お客さまがカンカンだぞ」

「すみません」

「店が終わったら、僕のところへ来るんだ。いいな」

マネージャーが慌ただしく立ち去った後、ヒョヌはカウンターに出された料理を急いでトレーに載せると、ジャヨンに近づいて紙袋を差し出した。

「これ、受け取って」

ジャヨンがおずおずと受け取ると、ヒョヌはホールにさっと出て行く。袋には漢方薬が入っていた。ヒョヌの後ろ姿を見送った彼女は、控え室に戻って薬を飲んだ。

しばらくすると体調がすっかりよくなった。体が軽くなり、だるさも感じない。薬の効き目は抜群だった。

デザートを客席に運んでいると、ヒョヌが追いついてきて声をかけた。

「熱は下がった?」

「ええ」

「それはよかった」

彼はそう言うときびきびした動作で客席に近づき、笑顔でコーラを三つ出した。ジャヨンはその様子をじっと見つめた。

彼の言葉や態度には、薬のことを恩に着せようなどという考えは少しも見えない。心から気遣ってくれているようだ。彼女は自分の中でヒョヌに対する見方が少し変わり始めたのを意識していた。

このところ、シニは毎晩のように夜遅くまで遊び回っていた。ミジャをはじめ取り巻き連中を引き連れてはクラブに通い、飲んで踊って騒ぐ。

それというのも、ヒョヌが最近ちっとも付き合ってくれないからだ。せっかく時事英語サークルに参加するようになったというのに、肝心のヒョヌが顔を出さない。放課後のキャンパスで待ち伏せても、用事があると言いながら慌ただしくどこかへ行ってしまう。彼に遊んでもらえない不満と持て余した暇を、シニは夜遊びにぶつけているのだ。

だが、議員は娘の度重なる夜中の帰宅に気づいているようで、ある日の夕食の席でその話題を持ち出した。

「お前たち、帰宅時間は何時だ？　ジョンヒ、昨日は随分遅かったな？」

「違います。お姉ちゃんが……」

シニは慌ててテーブルの下で妹の足を蹴った。妹は痛さに顔をしかめて黙り込む。父親は二人の娘をじっと見据えた。

「ここが誰の家か、近所の人たちはみな知っているんだ。年頃の若い娘が夜中にベルを鳴らすのを見たら、どう思う？　今日からは、いくら遅くなっても十時までに帰るんだ」

シニは父親に見えないように不機嫌な顔をした。父は母に向かって言った。

「十時を過ぎたら、門を開けてはならんぞ。いいな？」

「うちの子たちは十時前には帰ってますよ」

母親が庇《かば》うように言ってシニを見やった。だが、シニは気まずそうに視線を避け、それを見た母は仕方なく話題を変えることにした。

「そういえば……今日の昼間、チェソン財閥のギャラリーに行ってきたの」

たちまちシニが興味を引かれ、顔を上げる。

「そこで奥さまから面白い話を聞いたわ。あのヒョヌが、レストランでウェイターのアルバイトしてるんですって」

シニにとって初耳だった。だが、これで放課後にいつも急いで姿を消す理由がわかった。母が話を続ける。

「会社の常務さんが偶然店で食事をして発覚するまで、ご両親もご存じなかったみたい。きっと経営を実践で学んでらっしゃるのだろうと、常務さんはおっしゃったそうよ」

それを聞いて議員は鷹揚《おうよう》に笑った。

「大した青年だな。そういう息子なら、あのグループは今後も心配ないだろう」

「あなたもそう思います？　私も実は彼が気に入ってるの。あの子がうちに遊びに来るだけで何だかとても嬉しくなるのよ」

「まったく、親に金がある家ほどロクでもない息子が多いからな。まともに大学に入れないもんだから、アメリカやオーストラリアくんだりまで行って、卒業証書を金で買ってくる」

シニは危うく食べ物を口から吐き出しそうになった。私がしたことはそれ以上なのに。家族の中で父だけが替え玉のことを知らない。

「そういう輩とは比べ物にならないな。チョン会長も心強いだろう」

「あちらと親戚《しんせき》になれる家は幸せでしょうね、あなた？」

「そうだな」

「婿としては最高にいい子よね」

母はそう言うとシニに微笑んでみせた。シニとヒョヌの結婚を本気で考えてくれているのだ。今の言葉は父への布石。シニはそれを思うと胸が高鳴った。ヒョヌと結婚できるよう母が、そして父も手を貸してくれれば、もう決まったも同然だ。ジャヨンへの気の迷いなどすぐに消えていくに違いない。

シニは知らず知らず笑みがこぼれていた。

翌日、シニはレストラン〈イタリアーニ〉を訪れた。

入り口で五分待たされたが、気にならなかった。ヒョヌの驚く顔が見られると思うと、何でも許せそうだった。

「チョン・ヒョヌさんの担当テーブルに通してもらえます?」

受付にそう言うと、希望はすぐにかなえられた。

彼女がテーブルに着席して待っていると、すぐに「いらっしゃいませ」の声と共にヒョヌが現れた。グラスの水が目の前に置かれ、開いたメニューが差し出される。

「こちらがメニューです」

まるで他人行儀な声だ。おまけにお世辞にもお洒落《しゃれ》とは言えない制服姿。仕事に集中していてこちらの正体に気づかないヒョヌを見て、シニは笑いを噛み殺していた。

注文を取ろうと伝票片手にテーブル脇にしゃがんだとき、彼は自分が担当するお客の顔を初めて見た。途端に目を丸くする。

「シニじゃないか!」

驚いた彼の顔を見ることができて、彼女は大いに満足した。

「今日のお勧めメニューは何かしら?」

わざと他人行儀な言い方で尋ねる。何か二人だけの秘密めいたゲームをしているようで、シニは楽しい興奮を覚えていた。

「一人で来たの?」ヒョヌはシニの向かいの席が空いているのを見て言った。

「そうよ」

「ここで働いてるって、どうして知ってるの？」

「知らなかったわ。何だか強いテレパシーを感じて、訳もなくこの店に入ったら、ヒョヌさんがいたの」

シニが見つめると、ヒョヌは明るく笑ってメニューの説明を始めた。

「今日のお勧めスープは、クラムチャウダーで……」

「ヒョヌさんが選んで」すぐにシニが遮る。「おまかせします」

そこへ料理を持ったウェイトレスがやって来て、通りがかりにヒョヌに声をかけた。

「十九番にコーラ一つお願いします」

「はい」

ヒョヌが返事をした相手を見てシニは目を疑った。……ジャヨン！

ジャヨンがこの店の制服を着ている。ここでウェイトレスをしているのだ。シニの視線に気づいた彼女がばつが悪そうに言った。

「……来てたの？」

すべてわかった。そういうことなのだ。アルバイトはジャヨン目当てだったのだ。そうでなければ、ヒョヌがこんな店で働くわけがない。ここは彼女には似合いだが、彼にはとてもじゃないが下品すぎる。

「ヒョヌさん！」シニは思わず鋭い口調で言った。「ここで働く気になった理由を教えて」

尋ねられた彼は返事に困り、手にしたボールペンをもてあそんでいる。

「あの子がいるから!?　そうなの!?」

シニの声が店に響き渡った。テーブルの周囲に緊張が走る。

「私と今すぐここを出ましょ！」彼女は席を立つとヒョヌの手をつかんだ。「似合いもしない制服なんかさっさと脱いで！　さあ、早く！」

「待てよ、シニ」

「ヒョヌさん、ずっとここにいるつもり？　どうして!?　ジャヨンがいるから!?」

ウンシルが飛んできて「お客さま、お静かに願います」と言うと、シニは金切り声を上げた。

「うるさい！」

「シニ、いい加減にしろよ」

ヒョヌがなだめようとするが、彼女の怒りはますます募り、「今すぐ出るのよ！　今すぐ！」

と彼の手をぐいぐいと引っ張る。

「あんた、静かにしなさいよ！」ウンシルがキレて叫んだ。

「何ですって!?」

シニはテーブルからグラスをつかむや、ウンシルの顔めがけて水をかけた。途端にウンシルが「このバカ！」と叫び、シニにつかみかかる。二人は髪の毛を引っ張り合い、つかみ合い、引っ掻《か》き合った。悲鳴の轟《とどろ》く中、ヒョヌと数名の店員が止めに入り、ようやく二人を引き離すことができた。

シニは男たちの手を振り払うと、謝罪に出てきたマネージャーを無視し、鼻息も荒く店を出た。真っ赤な愛車に乗り込み、乱暴に発車させる。

悔しさでいっぱいだった。ジャヨンに対する怒りが膨れ上がる。人間には分相応な相手がいるものなのだ。あのヒョヌに好かれるだなんて、冗談じゃない。家柄もよくないのに生意気すぎる。何とか彼から遠ざけなくては……。

そのとき、シニは名案を思いつき、すぐに携帯電話を取り出した。チェソン財閥のギャラリーの番号をプッシュする。

「お母さまですか？　こんばんは。シニです」

「あら、どうしたの？」

「お母さまのこと、急に思い出して。……それと、実はお話したいこともあって」

「何かしら？」

シニはヒョヌの母と翌日の昼に会う約束を取り付けた。ヒョヌと恋人同士になるためなら、手段を選ぶつもりはない。

彼女はほくそ笑むと、今度はミジャを電話で呼び出した。

三十分後、シニはミジャともう二人の大学の仲間と一緒にクラブにいた。席に座るやいなや、ハイペースで酒を飲む。今夜はとことん遊ぶつもりだ。このムシャクシャを晴らしたい。車はどこかに置いていくことにしよう。とにかく、何もかも忘れるほど思い切り飲んで踊るのだ。

「クビに乾杯！」

ウンシルが言うと、ヒョヌがグラスを掲げた。ジャヨンもしぶしぶグラスを突き出す。屋台での飲み会は最初から雰囲気が沈みっぱなしだった。ウンシルは客を殴ったということで即刻解雇、ジャヨンとヒョヌも共同責任で自ら辞めざるを得なかった。

ウンシルはシニへの文句を並べながらぐいぐい飲み、トイレに立った。ジャヨンは険しい顔をしたまま酒に口もつけていない。ヒョヌはかける言葉が見つからず、黙って酒を飲んだ。

「私はアルバイトをしなきゃならないの」ジャヨンがぽつりと言う。

「すまない、シニのせいで……」

「そちらは面白半分でアルバイトをしたんでしょうけど、私はそうじゃない。今夜だって、そちらは何も考えずに眠りにつけるでしょうが、私は違う。次の仕事をどうしようか、ウンシルは仕事が見つかるだろうかと、眠れそうにないわ」

「僕はそちらではなく、チョン・ヒョヌです。それに、僕だって少しは考えてる。今夜のことは本当に悪いと思ってる。でも、なぜジャヨンさんが僕を一切寄せつけようとしないのか、その理由を知りたいんだ。どうして？　言ってみて」

「シニが、あなたのことを好きだから……」

絞り出すようなジャヨンの声を聞いて、ヒョヌは何も言えなかった。

「だから、私をこれ以上困らせないで。お願い」

ジャヨンは屋台を出ていった。ヒョヌは立ち上がって彼女の名を呼んだが、戻ってこないことはわかっていた。


夜中まで遊んで帰宅したシニは、門の前で顔色を失った。なんと携帯電話のバッテリーが切れている。この時間ではインターホンを押すことができないし、ましてや父親から釘《くぎ》をさされたばかりだ。だから今夜は妹のジョンヒを電話で呼び出すつもりだったのに。これでは家に入ることができない。

仕方なく彼女は声を押し殺して妹を呼んだ。

「ジョンヒ。ねえ、開けて。ジョンヒ」

しかし、門から建物まで距離があるため、声は届きそうにない。これ以上大きな声を出すと父親に気づかれる恐れがある。シニは意を決して門柱脇の壁をよじ登ることにした。幸いにも公用車が門前に置いてある。彼女はそのボンネットに足をかけた。

スンジェは警備会社にずっと勤める気はなかったが、採用試験を受けた企業から軒並み不採用通知が来て、結局アルバイトを続けざるを得ない羽目になっていた。

今夜も巡回だ。彼は担当のクギドン地区をゆっくりと走行した。巡回車をイ・テクチュン議員の邸宅がある通りに乗り入れたとき、議員宅の門に怪しい人影を発見した。すぐさま車を停車させ、ヘッドライトを消す。

音を立てずに車外に出て目を凝らすと、人影は門前の車のボンネットを足掛かりにして壁をよじ登り、両手を塀の頂上にかけたところだった。まだ巡回車には気づいていない。

スンジェはそっと門まで忍び寄った。街灯に浮かび上がった姿は女、それもミニスカート姿だった。彼の脳裡《のうり》に主任の言葉が甦る。

(最近、この地区で男女ペアの強盗が出没している。この二人組は普通の服装をして歩き回っており、特に女のほうはミニスカート姿なので、誰も窃盗犯などとは怪しまない。警察の検問もカップルのように腕を組んでパスしてしまったそうだ)

あの女は間違いなくその片割れだ。これで表彰ものだと思いながら、ホルスターからガス銃を抜くと、彼は左手を伸ばし、女のスカートの裾《すそ》をつかんだ。たちまち女が悲鳴を上げる。

「これを撃つ前に下りろ！」

「何のつもり？　その手を放してよ。放せったら！」女は塀の途中で足をばたつかせた。

「相棒はどこだ？　どこにいる？」

「ちょっと放してよ！　いい加減にして！　手を放して、この変態！」

スンジェが引っ張ると、相手は壁から落ちて車のボンネットに尻餅《しりもち》をついた。彼はすかさず取り押さえようとした。そのとき――。

女は思い切り平手打ちした。スンジェはその痛みにでなく、彼女の見下したような冷たい眼差しに一瞬怯《ひる》んだが、すかさず「観念しろ」と腕を捻《ねじ》り上げた。しかし、女は威圧的な態度で言った。

「手を放しなさいよ。私はこの家の娘よ」

「ここの娘なら、なぜ塀を越えるんだ？」

女の顔をライトで照らした途端、彼はハッとして思わずつかんでいた手を放した。ジャヨンの正体を知ったあの日、議員の後ろから車を降りるのを見た、あの若い女だ。間違いなくこれは議員の娘。俺が目をつけるべきだった相手……。

そのとき緊急無線が入った。

『十二号。契約ナンバー三十四に緊急事態発生。直ちに急行せよ』

「了解しました」

無線を切って議員の娘に目を戻すと、彼女は再び苦労して塀に登っていた。彼は見かねて、ボンネットに上がると肩車の要領で娘を塀の上まで押し上げてやった。

「明日の昼飯、おごれよ」

声をかけて立ち去ろうとすると、塀の向こう側へ降り立った娘が内側から門扉を開けた。その目には蔑《さげす》みの色が浮かんでいる。彼女は不意に財布を取り出し、数枚の紙幣を無造作につかんで門の前に投げると、冷たく言い放った。

「それ、お昼代よ。取っておきなさい」

彼女は門の中に消え、自動ロックの音が響いた。スンジェは啞然《あぜん》とし、アスファルトに散った三枚の一万ウォン札を見つめた。やがて、その口元に冷ややかな笑みが浮かんだ。

T r u t h

第五章　新しい恋

夜も更け、屋台の客がほとんどいなくなっても、ヒョヌはまだ飲み続けていた。ウンシルも彼に付き合ってはいたが、どうにも気持ちよく酔えない。それというのも、ヒョヌがほとんど口を利かず、自分の殻に閉じこもっているからだ。

「ねえ、どうしたの？　落ち込んでるの？」

ウンシルが尋ねても彼は無言のまま。彼女がトイレから戻ったとき、すでにジャヨンの姿はなかった。それから彼の態度はずっと変わらない。

「まったく何よ、相手をしてあげようと思ったのに。あたしじゃダメなの？」

彼女が不満げに言うと、ヒョヌはぽつりと言った。

「いえ、そんな。ただ彼女をすごく怒らせちゃったみたいだから……」

「うーん……。あの子、中学まではあんな感じじゃなかったんだけどね」途端にヒョヌが関心を示す。「明るくて勉強もできて、ホント人気者だった」

ヒョヌの顔が明るくなったのを見て、ウンシルは尋ねてみた。

「あんた、ジャヨンが好きなんだ？」

「ウンシルさんにはそう見える？」

「違うの？」

ヒョヌはため息とともに、小さく首を振る。

「ウンシルさんにだって僕の気持ちがわかるのに、どうしてジャヨンさんは気づいてくれないんだろう？　僕を避けてばかりだ」

「いろいろと心の傷が多いのよ」

「心の傷？」

「シニだっけ？　あの女の家に住んでるだけでもストレス溜《た》まるでしょ。あの女のために大学だって……」

そこまで言うと彼女は慌てて口をつぐんだ。替え玉のことは秘密にする約束なのだ。

「シニとの間に何かあったんですか？」

ウンシルが目をそらしたままなのを見て、ヒョヌはまた一つため息をついた。

「こんなに自分が無力だと感じたのは初めてだ……」

彼のあまりの落胆ぶりに、ウンシルは酔った顔で笑った。

「それは、ヒョヌさんのせいじゃないよ。いいわ、あたしが特別に教えてあげる。あんたいい人そうだから。……ジャヨンが浪人してるとき、付き合ってた彼がいたのよ。あの子、本当に好きだったみたいだけど、彼は彼女が金持ちの娘だと思ってたらしい。運転手の娘だと知ったらすぐに離れていったの。嫌な奴でしょ？」

ヒョヌの顔に悲しげな表情が浮かぶ。

「多分そのせいよ。だから自分を責めないで。わかった？」

彼は思いつめた表情のままだ。ウンシルはその端整な顔を見てため息をつくと、小さくつぶやいた。

「ジャヨンはいいなあ……」

翌朝、ジャヨンは眠い目をこすって部屋を出た。考えまいとしてもヒョヌのことが心に浮かび、昨夜はなかなか寝つけなかったのだ。だが、今は仕事を見つけるのが先決。彼女は新たに作った家庭教師の張り紙をリュックに入れて、地上への階段を上った。

庭の石段を降りようとしたとき、シニが玄関から出てきた。きのうのミニスカート姿とはうって変わり、地味なグレーのスーツを着ている。気づかぬ振りをして行こうとすると、不意に呼びかけられた。

「彼女、なんて名前?」

ジャヨンが振り向くと、シニはゆっくりと降りてきて目の前で腕組みした。

「ほら、あんたの喧嘩っ早い親友よ。この私を殴るなんて、大した子よね」

「先に手を出したのはそっち。人のレストランで騒いだのもそっちでしょ?」

「なんですって?」

一瞬にしてシニの表情が険しくなる。だが、ジャヨンはここではっきりさせておこうと思い、強い口調で切り出した。

「もしヒョヌさんと私のことを勘ぐっているなら、見当違いもいいところよ。はっきり言っておくわ。私はあの人には何の関心もないから」

彼女は背中を向けると、さっさと門へと向かった。これでこの件は終わってほしい。すでに頭の中は仕事探しのことでいっぱいだった。


シニはムシャクシャして仕方がなかった。冷静になろうとしても、ついついハンドルを握る手に力が入ってしまう。

きのうからロクなことがない。バカな女に殴られ、バカな警備員に泥棒と間違えられ、おまけにジャヨンには生意気な口を叩かれ……。夜中に帰ったのを父親に気づかれなかったことが、せめてもの救いだ。

昨夜はなかなか寝つけなかった。切ない思いでヒョヌの写真を見つめ、少し泣いた。彼に関心がないというさっきのジャヨンの言葉が本心かどうかはわからないが、とりあえず今はそう思いたかった。そうでなければ、神経が参ってしまいそうだった。

それでも、高級日本料理店でヒョヌの母親と差し向かいで上等の刺し身を口に運んだときには、いくらか気分がよくなった。

「とってもおいしい。またぜひ誘ってくださいね」

「あなたなら、いつでも大歓迎」ヒョヌの母は温かい眼差しでシニを見た。「娘がいたら、といつも思うのよ。男の子だとお買い物や美容院にも連れて歩けなくて」

シニは思わず顔を輝かせた。

「うちのママは、ヒョヌさんの事ばっかり話しているんですよ」

ヒョヌの母は「そうなの？」と笑う。そして、思い出したように言った。

「私に話があったのよね？　なあに？」

「それが、ヒョヌさんのことで。言いにくいんですが……ヒョヌさんって、情が深いところがおありになるでしょ？　実はレストランでアルバイトしてる本当の理由は、そこで働く女の子が目当てなんです」

「まあ！　その人と付き合ってるの？」

「いいえ、付き合ってはいませんけど」

「じゃあ、ヒョヌが片思いしてるの？　あんな大きな体をして、全然そういうことがないと思ってたら……。やること、やってるのね」

母親が嬉《うれ》しそうに微笑むのを見て、シニは拍子抜けした。息子の身辺を気にした母が、すぐにジャヨンから遠ざけようとする。そういう話になる予定だったのに。

「お母さま、ご心配ではないですか？　これから留学の準備もあるのに」

「あの子は今まで一度も無茶をしたことがないの。きっと自分で解決するわ」

従順さを装っていたシニの笑顔が引きつった。

「でも、ヒョヌさんの相手は、それなりの子じゃないと……」

「あら、シニの知り合いの子なの？」

母の問いに彼女は思わず口をつぐんだ。これでは告げ口だと思われてしまう。彼女は曖昧《あいまい》な笑顔でうなずくと、刺し身に箸《はし》を伸ばした。

家庭教師の新しい張り紙を掲示した途端にポケベルが鳴った。電話してみるとまさに依頼だった。その日の午後、ジャヨンは指定された家を訪れた。

高級マンションの上階の部屋のリビングに通されたジャヨンは、その家の上品な母親に面接を受けた。子供の家庭教師はこれで九人目だという。かなりのやんちゃ坊主らしい。教える自信があると言うと、すぐに週二回という条件で採用が決まった。

「料金はいかほど差し上げたらいいかしら？」

「人に教えたことはありますが、家庭教師は初めてで相場はよくわかりません」

「率直な方ね」母親は笑うと財布から封筒を取り出した。「英語が得意だったわね？　前の先生と同じ金額を渡すわ」

まるで最初から決めていたような手回しの良さだ。その家を出てから、マンションの階段でそっと中身を覗《のぞ》いてみて彼女は目を丸くした。なんと八十万ウォンも入っている。まるで勤め人並みの待遇だ。

いきなり懐の暖かくなった彼女は、さっそくウンシルを喫茶店に呼び出した。昨夜、勝手に帰ってしまったことをまだ謝ってはいなかった。

コーヒーを一口飲むとウンシルは笑って言った。

「当然、あんたのおごりでしょ？　私を気落ちさせたんだから」

「気落ちって？」

「ゆうべ、いい男を目の前にしながら、あたし何ひとつ言えなかったんだよ。ヒョヌさんたらあんたのことを好きだなんて、あんなにはっきり言うんだもん。もう、羨《うらや》ましい限りよ」

「そんなこと……」

「ジャヨン、人の真心を無視するのはよくないよ。前の彼よりよっぽどマシだと思うけどな」

「あの人の本心がわかるっていうの？」

「これでも結構苦労したからね。人を見る目はあんの。彼はとてもいい人よ。あんなに冷たくしちゃダメ。わかった？」

ジャヨンは「あの人の話はやめて」と言ってはみたが、親友の言葉が頭から離れなかった。

ウンシルと別れてから、ジャヨンは買い物をして回った。家に帰るときには、両手が荷物でいっぱいだった。これほどたくさんの物を一度に買ったことはない。

その夜は、ジャヨンが買った牛肉が食卓に並んだ。両親も兄もにこやかな顔を見せ、久しぶりに明るい団欒《だんらん》になった。家族はそれぞれに配られたプレゼント——父親にはニットのベスト、母親には高級な下着、兄にはネクタイ——にも目を細め、口々にジャヨンに感謝を伝えた。

食卓で兄ヨンチョルは不思議な話をした。株式の公開講座を受けているとき、席を立とうとしていた年配の男に手を貸して出口まで送ってやったらしい。そのとき、男は兄に「特別な情報を教えて二回だけ儲《もう》けさせてやる。そしたら、すぐに手を引け」と言ったというのだ。

そして、その一回目の情報通りに売買したところ、兄はかなりの儲けを得た。残る一回でうまくやれば、相当の財産を築けると目論んでいる。

「もう少しの辛抱だ。株で儲けたら、その分、母さんとジャヨンに払ってやるよ」

熱っぽく話す兄を心配しつつも、ジャヨンは割のいい家庭教師の口を得たことで気持ちが大きくなっていた。何より、こうして家族全員の食卓に笑い声が戻ったことが嬉しい。

ジャヨンは焼けた肉を「さあ、食べて」と取り分けた。それで、兄の株式の話題も終わり、彼は父と母に焼酎《しようちゆう》を注いだ。

「ジャヨンもどうだ?」

彼女の差し出したグラスが満たされると、四人は乾杯した。


地下室の家族が焼き肉と幸せを噛《か》み締めている頃《ころ》、一階では議員一家がリビングのソファで寛《くつろ》ぎながらテレビを見ていた。このところ父は国会でずっと忙しく、また娘二人は大学生になったので、こうして四人揃《ぞろ》ってのんびりコーヒーを飲むのは珍しい。

テレビから目をそらした議員がおもむろに口を開く。

「シニ、大学へは真面目に行ってるのか?」

だが、長女は上の空で、母親に突つかれてようやく「はい?」と顔を上げた。議員は渋い顔をしたが、気を取り直して尋ねた。

「二人は卒業したらどうする?」

「国会議員もいいし、外交官もいいな」しっかり者の次女が即答した。「でも、パパの会社の仕事もやってみたい。体は一つなのに、したいことがたくさんありすぎるわ」

「ジョンヒはまるで息子代わりだな」ご機嫌になった父は姉に尋ねた。「シニは新聞放送学部を出たら何がしたい?」

シニは「え?」と言ったまま目を泳がせた。そんなことは考えたこともない。答えられないでいると、母が見かねたように助け舟を出した。

「あなた、そんな。この子にはすぐにいいご縁を探して結婚させますわ」

「いくら運よく入れた大学とはいっても、すぐに結婚することはなかろう?」

シニと母親は、気まずそうに顔を見合わせた。今のところ、父親はチョン家との縁談にさほど興味がないらしい。それに大学の話が出るたびに、替え玉の件が頭をよぎり、母娘は気持ちが休まらなかった。

「ジャヨンを見てみなさい。今から同時通訳者という目標に向けて頑張ってるぞ」

父は冷たい視線でシニにそう言った。

部屋に戻ったシニは、父親の言葉が耳に残り、苦々しく思っていた。何かといえば、ジャヨンを褒め称える。父がジャヨンのような娘を望んでいるのはよくわかっている。だが、それをあからさまに示されると無性に悔しく、また切なくなってくる。

彼女はふさいだ気持ちを晴らすため、オーディオコンポを大音量で鳴らすと、ベッドに寝転んだまま音楽にひたった。その途端、血相を変えた母が部屋に飛び込んできた。

「パパにまた叱《しか》られたいの？」たしなめながら慌ててスイッチを切る。

「何を言われても、さっきのよりはマシよ」

「パパの言ったことは気にしないで。人の生き方はそれぞれよ」

シニは起き上がると、母親に真剣な目を向けた。

「ねえ、ママ。私は本当にパパの子なの？」

「この子ったら、何言い出すの」

「だって、パパは私の顔を見て笑ったことがないもの」

「偉い人たちはみんなそういうものよ」まるで幼児に言い聞かせるようにゆっくりと話しかける。「自分がそうしてきたように、努力すれば何でもできると思いがちなの」

「いつもいつも、ジャヨンと比べられて嫌になる」

「大丈夫よ。あなたを一流大学に行かせたのは、いい家に嫁がせるためだもの。一流の人物を夫にすれば、妻も一流に見られるものよ。心配しないで」

それはまさに母自身の人生に通じる考え方だ。母は一流の人たちに囲まれ、その中で重要な位置を占めている。シニはそれを思うと少しは気が休まった。そして、一流の夫はもちろんヒョヌしかいないと意を新たにするのだった。

レストランの一件以来ヒョヌに付きまとわれなくなり、ジャヨンはすっかり安心しきっていた。そのため、学内のエレベーターにいきなりヒョヌが乗り込んできたときには、どうしてよいかわからなくなった。どこにも逃げ場はなく、彼に背を向けてじっとしているしかない。

「まだ怒ってる？　いつになれば許してくれるのかな？　どうしたらいいの？」

案の定、彼は話しかけてきたが、ジャヨンは無視することにした。すると、後ろから肩を触ってくるではないか。彼女は思い切りその手を振り払い、彼を睨《にら》みつけた。

ヒョヌは「これだよ」と長い髪の毛を見せた。肩に付いていたのを取ってくれたらしい。恥ずかしさのあまり、ドアが開いた途端、ジャヨンはエレベーターを飛び出した。

そこに、シニがいた。彼女は同じエレベーター内にヒョヌもいるのを見て取ると、さっと顔をこわばらせた。ジャヨンはそれには構わず廊下を足早に歩いた。

「イ・ジャヨン！」

ジャヨンが立ち止まって振り向くと、シニがゆっくりと近づいてきた。

「ヒョヌさんと何してたの？」

「何もないわよ。偶然乗り合わせただけじゃない」

「あんたたち、何だか怪しい雰囲気だったわよ」

シニの疑り深さに嫌気がさす。「『あの日のこと、シニのせいで悪かった』って言ってたわ」

素っ気なく答えて行こうとすると、シニが追いかけてきた。

「ジャヨン、私とちょっと話さない？」

「悪いけど、これから講義があるの」

「ヒョヌさんに関心がないなんて嘘《うそ》に決まってるわ。あんたが言わなきゃ、ヒョヌさんにバイト先がわかるはずないもの。おかしいじゃない？　裏で何をコソコソやってるのよ」

ひどい妄想だ。ジャヨンは勝手な理屈を並べ立てるシニにほとほと呆《あき》れ果てた。

「気になるなら彼に直接聞いてみたら？　いっそ一日中、後をつけたらいいわ」

「あんた、私の前であんまり偉そうにしないで。ちょっと関心持たれてるからって、うぬぼれるのもいい加減にしなさいよ。ヒョヌさんにとって、あんたなんか麦飯なのよ」

「麦飯？」

「わからない？　いつも白米ばかり食べてると飽きちゃって、ときどきみすぼらしい麦飯も食べたくなるのよ。バカな勘違いはやめろってこと」

それを聞いてジャヨンは頭に血が上った。あまりにもひどすぎる。彼女はシニを冷ややかな視線で睨みつけた。

「あなた知らないの？　やめろと言われると、人間はもっとやりたくなるものよ」

「私を脅すつもり？」

シニが目を剝《む》くのを見て、ジャヨンはとどめの一撃を放った。

「脅す？　それもいいかもね。私が替え玉のことを言い触らしたら、一体どうなると思う？」

たちまちシニは言葉を失った。立ちつくす彼女を尻目《しりめ》にジャヨンは歩き出した。それ以上、シニは追いかけてこようとしない。珍しく感情をぶちまけたジャヨンは、とりあえずその場は気分がすっきりしていた。


家庭教師のアルバイトは順調だった。ずっと教師泣かせだったチンテという名の少年もジャヨンにはすっかりなつき、勉強中は真剣に取り組んでいた。その代わり、ジャヨンの帰宅時間になるとませた口を利いて彼女を困らせる。

「ねえ、ママが留守なんだ。ピザかなんかおごってよ」

「今日はダメよ」

「わかった、デートでしょ？　絶対デートだ」

「その勘をテストのときに発揮できるといいのにね」ジャヨンは苦笑した。

「まあいいや。じゃあ、先生はヒョヌお兄さんとデートを楽しんで」

それを聞いてジャヨンは思わず教え子の顔を見つめた。ヒョヌ？　問いただすと、チンテは自分とヒョヌが親戚《しんせき》であることをあっさり認めた。これほど条件のいい仕事が自分に回ってきたことが不思議だったが、なんとヒョヌの差し金だったとは。

プライドを傷つけられた彼女は、翌日、講義の終わったヒョヌをキャンパスの一角に呼び出して怒りをぶちまけた。

「差し出がましいことをしないでください！　薄っぺらな同情心で近づかないで！」

ジャヨンは家庭教師代の入った封筒をヒョヌに突き返した。するとヒョヌは鋭く言った。

「ひねくれた見方はよせよ」

彼女はヒョヌの顔をまじまじと見つめた。今まで彼がこんな険しい顔を見せたことはない。

「チンテは君が必要で、君は家庭教師の口が必要だった。だから僕は紹介しただけだ。どこが差し出がましい？　どこが同情心なんだ!?」

「私、あなたにお願いした覚えはありません」

「君は最初からそうだった。クリーニング代を払おうとする僕に、君の目は『お金で済むと思う？』と訴えてた。あの目を僕は決して忘れられない。僕はただ謝りたかっただけなのに。僕がどんな気持ちなのか一度でも考えたことがあるかい？　どうして人の気持ちを素直に受け入れようとしないんだ？」

ジャヨンは言葉に詰まった。いつも穏やかなヒョヌが突然激しい表情を見せたことも驚きだが、それ以上に、彼が自分の痛いところを突いていることに慌てた。

「どうして人の本心を見ようとしない？　偽りのない心に触れようとしない？」

返答に困った彼女は背中を向けて行こうとしたが、ヒョヌに肩を強くつかまれた。

「君は自分に自信がないから、人の気持ちも受け入れられないんだ。僕が同情心から行動したって？　勝手に決めつけるなよ。僕はそうしたいからしたまでだ。君は自分のプライドばかり気にしてるけど、他人のプライドを気にしたことはあるのか？　少しは相手のことも考えてみろよ」

ジャヨンは彼の手を振り払い、その顔を睨みつけた。

「それなら、お互い無関係でいればいいでしょ！」

彼女はそう言い捨てて歩き出した。

「僕の本心をどうしたら理解してくれる？　君は持たなくてもいいコンプレックスを持っている！　それを捨てるんだ！　そうすれば、この気持ちが見えるさ！」

思わず立ち止まると、ヒョヌが追いついてきた。

「それに責任はきちんと果たせよ。チンテは君を信じて勉強してる。返すつもりなら、君が自分で返すんだな」

彼は封筒をジャヨンに押し付けると、憤然と去っていった。

その夜、ジャヨンは布団の中で思いを巡らした。

ヒョヌが初めて見せた怒り。その顔がいつまでも頭から離れない。あれは単なる腹立ちではなく、本当に私を思い、私の間違いを正そうとする純粋な気持ちなのだろう。もしかすると、最初の出会いのときも、彼は純粋に謝りたかったのかもしれない。その気持ちを察することができなかったのは私のほう。過剰反応してしまったのは私。

〝自分のプライドばかり気にしている〟

〝コンプレックスを捨てるんだ〟

彼の言う通り、私はひねくれているのだろうか。そうかもしれない。少なくとも素直でない態度を取っていたことは謝りたかった。だが、どうしていいのかわからない。

それに謝って関係を修復したとしても、それをシニに誤解されるのも嫌だった。あれほどヒョヌを好きな彼女が黙っているはずはない。

翌日、彼女は家庭教師の口を断ろうと決心し、チンテの家を訪れた。

話を切り出すと、チンテの母は困惑した様子を見せた。

「やっと息子と息の合う先生がいらして、喜んでたのに。あと二年はお願いしようと思ってたのよ」

「でも、私……」

「ヒョヌが自分のことをあなたに黙っててほしいと言った事情はよくわからない。でも、私はあの子にとても感謝してるのよ。あなたのようないい方を紹介してくれて。何があったかは知らないけれど、ヒョヌとは関係なく息子の先生は続けてくれないかしら?」

ジャヨンは、それ以上強く辞意を伝えることができなかった。

帰りのバスの座席からぼんやりと外を流れる景色を眺めながら、彼女はヒョヌの態度を一つ一つ思い出していた。

ワイングラスで手を切ったのを見てハンカチを出してくれたときの心配そうな顔。風邪薬を買ってきてくれて、それを私が受け取ったときのほっとしたような顔。それに、家庭教師の件をチンテの母親に口止めしていたこと。

すべて、彼が自然にした行為。決して同情心や打算でしたことではない。彼を受け入れないのは、自分の心の狭さに過ぎないのではないかと、彼女は思い始めていた。

数日後、ジャヨンはキャンパスでヒョヌとばったり出会った。しかし、彼は今までのように声をかけてくるどころか、気まずそうに目をそらせ、そそくさと歩いていく。その後ろ姿を彼女はじっと見つめた。彼は傷ついているのではないだろうか。もしそうであれば、私のせいだ。とはいっても、彼にどう言っていいのかわからない。

それからというもの、講義を受けていても、図書館で勉強していても、ふと気づくと彼のことを考えている自分がいた。気持ちの中で彼の存在が次第に大きくなっていくのを、ジャヨンは止めることができなかった。

ある日、掲示板の前を通りかかると、そこにヒョヌがいた。ジャヨンの張った家庭教師の張り紙を何やら触っている。よく見ると、角の接着テープが剝《は》がれて紙が斜めになっているのを真っ直ぐに直し、画鋲《がびょう》で留めているのだ。

ジャヨンが眺めていると、作業を終えて顔を上げた彼と、視線がまともにぶつかった。

「あの、張り紙が飛ばされそうだったから……」

まるで悪戯を見つかった子供が言い訳するように小さくなって行こうとするヒョヌを見て、彼女は声をかけずにいられなかった。

「ありがとう！」

振り向いた彼はやっと笑顔を見せた。すぐに彼女は言い添えた。

「その紙、もういいんです。いい家庭教師先を紹介してくれた人がいたから」

ヒョヌに対して感謝の気持ちを素直に伝えられず、つい回りくどい言い方をしてしまう自分は、やはりひねくれているのだろうか。だからこそ、この機会は逃せない。ジャヨンは勇気を出して言った。

「少し話しませんか?」

喫茶店でコーヒーが運ばれてくると、ジャヨンは頭を下げた。

「今まで冷たく当たったこと、謝ります」

「そんな」ヒョヌは戸惑いを見せた。「急にそう言われると、僕も困るな」

「私、そちらもシニと同じ人種なのかと思って。それでついあんな態度を」

「シニと何かあったの? ウンシルさんも何か言いたげだったけど。言えないこと?」

「いえ、何も……」

「それと僕はチョン・ヒョヌ。そちらじゃないって何度も言ったはずだよ」

笑いながらヒョヌが言うと、ジャヨンはうなずいた。

「ええ、わかりました。私のほうもヒョヌさんにやめてほしいことがあるんです」

「何を?」

「家庭教師の斡旋《あっせん》。ゆうべも電話がかかってきて、手いっぱいだからお断りしたの」

「どこからかかってきたの?」

「ノニョン洞。そこもヒョヌさんの親戚?」

「僕は紹介してないよ」彼は肩をすくめた。

「え？　違うんですか？」

「違うよ」

二人は顔を見合わせて笑った。

それから、二人の距離は着実に近づいていった。

どうしても図書館で調べ物をしたいが直前まで講義だというヒョヌに代わってジャヨンが先に行って席を取っておいたり、急に雨が降り出して次の教室に移動できずに困っているジャヨンの前に傘を持ったヒョヌが現れたり、書架の高い位置にある本に手が届かないジャヨンの代わりにヒョヌが取ったり、食堂ではいつの間にか隣り合った席に座るようになったり……。

やがて二人はキャンパスの外でも会うようになった。

スケートやスカッシュで一緒に汗を流したり、ヒョヌの同乗のもと、彼の車でジャヨンが運転の練習をしたり、二人で仲良くプリクラ写真を撮ったり。そしてジャヨンの髪にはいつも、ヒョヌの贈ったカチューシャが留められていた。

ジャヨンと時間を共有する日々はヒョヌの生活に活気をもたらした。夜、部屋で英会話ビデオを見ていても、それまで味気なく思えていた勉強が嘘のように楽しく思えてくる。スキットが佳境に入ったとき、母親がノックして入ってきた。

「チンテの家庭教師だけど、あなたが紹介したの？」

彼は「はい」とうなずいた。

「さっき、絵の展覧会のことで電話していて、チンテのことを聞いたら、新しい家庭教師の先生とうまくいってるって言うじゃない。聞いたら、あなたの紹介だっていうから驚いたわ」

「ええ、長続きしないって困ってたから、僕が」

「そう。その家庭教師の先生のことなんだけど……。もしかして、以前レストランで一緒に働いてたっていう子じゃない？」

「ええ……」ヒョヌはなぜ母がそれを知っているのか不審に思いながら答えた。

「あなた、その方と交際してるの？」

「誰からそれを聞きました？　シニが何か言ったんですか？」

「誰から聞いたかは問題じゃないわ。私としては、できれば今は女性とは付き合ってほしくないの。卒業したらすぐに留学することになっているし。いいわね？」

ヒョヌは口答えをする性格ではない。親の言うことに異論はあったが、ひとまずうなずいた。

そして、母が部屋を出ると携帯電話を取り出した。

ベッドで妹にキュウリパックをさせていたシニは、取った電話がヒョヌからだとわかると飛び起きた。いちいち文句をつけて載せさせたキュウリのスライスが落ちるのも気にせず、彼の声に耳を傾ける。それが、今すぐ会おうというデートの誘いだと知ると、パックのことなどすっかり忘れ、大きく何度もうなずいていた。隣で妹が呆れて笑っているのにも気づかずに。

指定のバーに着くと、すでにヒョヌがカウンターに座って待っていた。

「ヒョヌさんが誘ってくれるなんて珍しい。何だか夢みたい」

しばらくは当たり障りのない会話をしたが、彼と飲んでいるのが嬉しくて仕方がないシニは、一杯目のジントニックをあっという間に空にした。

「もう一杯ください」バーテンダーにグラスを差し出す。

「そんなに飲むなよ。今日は車で来たんだろ？」

「たった二杯目だもん。酔ったら、ヒョヌさんが送ってくれるんでしょ？」

彼女は出された二杯目を一口飲んだ。

「ねえ、ところで今夜は何か話でもあるの？」

「実は大事な話があるんだ」

「え？　何？」途端にシニの目が期待で輝く。

ヒョヌはしばらく無言でいたが、ゆっくりと口を開いた。

「今後、ジャヨンのことは母親に黙っててくれないか？　僕が誰と会おうが、シニには関係ない話だろ。私生活を報告されるのは不愉快だ」

シニは唖然《あぜん》とした。思わず顔をそむける。わざわざ呼び出されてジャヨンの話を聞かされるとは思ってもいなかった。すぐにふつふつと怒りが湧《わ》き上がり、ヒョヌに向き直ると挑むような目つきで言った。

「ヒョヌさん！　ジャヨンがそんなにいい？　一体彼女のどこが好きなの？」

「人を好きになるのに理由なんてないよ」硬い声でヒョヌが答える。

「言ってみて！」

「彼女は……」ヒョヌは言葉を選ぶように話した。「他の女の子とは全然違う。あのひたむきさ、ものごとに夢中になる美しさ。彼女を前にすると自分が限りなく小さく感じられる。純粋さに満ちた瞳《ひとみ》に見つめられると、吸い込まれてしまうような気がするんだ」

シニはこみ上げてくる熱いものをぐっと我慢した。涙が今にもこぼれそうだったが、意地でもヒョヌに見せるわけにはいかない。

送っていくからもう帰ろうという彼を振り切り、一人で飲み続けた。いくら飲んでも、怒りと悲しみは消えていかない。高校一年のときにあの一家と住み始めてから自分の人生はメチャクチャになったのだ。そんな考えが、少しも酔いの回らない頭を駆け巡り続けている。

ジャヨンが、あの嫌な女がいさえしなければ、私の人生は狂いはしなかった……。

帰りの車内でシニは泣いた。にじむ視界とアルコールとで運転をしているという感覚が麻痺《まひ》していた。危険な状態だったが、ヒョヌのことを考えるのに忙しくてそれどころではない。

突如、すぐ前の車のブレーキランプが光り、シニは慌ててクーペを減速させた。渋滞しているようだ。悪い予感がして先のほうに目を凝らすと、誘導灯の赤い光が振られている。ハッとして周囲を見渡した彼女の目に〈飲酒運転取締り中〉の看板が飛び込んできた。

まずい！　気が動転したシニは、ハンドルを思い切り左に切るとアクセルを吹かし、列を離れて急激なUターンをした。そこへ鋭い笛の音が鳴り響く。逃げ出したシニの車を追って、パトカーが急発進した。


警察から連絡を受けたイ・テクチュン議員宅では、大騒ぎになっていた。

とりあえずチェ補佐官が警察まで行ってシニの身柄を引き取ることになり、苛立《いらだ》たしげな議員は書斎に閉じこもった。母親とジョンヒはキッチンのテーブルで待つしかなかった。

「まったく、こっちまでいい迷惑だわ」

父親の逆鱗《げきりん》のとばっちりを受けたジョンヒが渋い顔で言う隣で、母親は気持ちを落ち着かせようと冷たい水を飲んでいる。グラスを空にした彼女は吐き出すように言った。

「ああ、こんな時、ジャヨンでも同乗しててくれたら」

「ジャヨンお姉さんは、運転手じゃないわ」

「せめてジャヨンが罪をかぶってくれたら……」

母の言葉にジョンヒは耳を疑った。いくら平静を失っているといっても、言葉が過ぎる。

「ママ、それはひど過ぎるんじゃない？」

「何がひどいの？」

「だって、ジャヨンお姉さんは、うちのお姉ちゃんの人生代理人じゃないのよ。替え玉をして浪人までさせてしまったのに、どうしてそんな失礼なことを思いつくの？」

そのとき、母の目が大きく見開かれた。廊下を夫が歩いてきたのだ。母の様子を見て振り返ったジョンヒも慌てて口を押さえた。だが、議員はしっかり耳にしてしまっていた。

「何の話だ？　ジャヨンがシニの代わりに何をしたって？」

「いえ、あなた、それは……」

しどろもどろの妻に、議員は顔を真っ赤にして怒鳴った。

「替え玉とは何のことだ!?」

チェ補佐官に伴われてシニは警察署を出た。先に立って無言で歩いていく補佐官の背中に彼女は小さく訊《き》いた。

「パパ、怒ってますか？」

「家に着いたら、無条件に謝ることだな」

「無条件!? お願いだから、うまく言ってくれません？」

「他に考えることはないのか？」

シニはふてくされた態度で言った。

「どうして人を差別するの？ うちの居候のくせに、ジャヨンの味方ばっかりして。うちに来た時からそうだった。ねえ、どうして？」

補佐官は呆れて笑いながらタクシーを停めた。

「いいから乗りなさい」

家の玄関をくぐったシニを待っていたのは、父の平手打ちだった。

玄関ホールに響き渡るほど強烈な音に、補佐官はそっとその場を離れ、母親と妹はおろおろと事態を見守るばかりだ。

「この大バカ者が！ お前は明日からは授業が終わり次第、どこにも寄らずに帰宅しろ！」

「はい……」父の剣幕にシニは蚊の鳴くような声しか出なかった。

「明日中に車を売ってしまえ」

妻にそう言いつけると、議員は奥の部屋へ入っていった。

シニは頬《ほほ》を押さえながら部屋へ駆け込んだ。こらえていた涙がどっと溢《あふ》れ、ベッドの上に座ったまま声を上げて泣いた。彼女の心を掻《か》き乱しているのは、打たれた頬の痛みや悲しみではなく、ジャヨンへの憎しみだった。

妹のジョンヒが心配顔で部屋に入ってきた。

「いつまで泣いてる気？　お姉ちゃん。さあ、もう泣かないで」

妹はベッドに上がってあぐらをかき、慰めるように姉の足をさすった。

「飲酒運転の件は自分が悪いんだから。ね？」

シニは顔を上げるとティッシュを取って鼻をかんだ。

「みんな、ジャヨンのせいよ」

「また、そういう」妹は呆れて鼻で笑った。「彼女がお酒飲んで運転しろって命令したの？」

「うるさい、黙れ！」

「どうしていつも人の責任にするの？　ジャヨンさんを目の敵にして」

「出てって！　行ってよ！　あんたなんか、ジャヨンの妹になればいい」

妹が肩をすくめてドアまで歩くと、シニは彼女に向けてティッシュボックスを投げつけた。

「あんたに何がわかるの！　わかるはずない。誰も私の気持ちなんか……」

両手で顔を覆うと、シーは肩を震わせて泣き続けた。

部屋に戻った議員は、替え玉の件とそれを隠していたことで妻を激しく叱責《しっせき》した。しかし、今さら何を言っても無駄だということもよくわかっていた。やがて彼は、疲れたようにぽつりとつぶやいた。

「覆水盆に返らずだ。イさんには、これまで以上によくしてやれ。選挙が終わるまで、いや、一生面倒を見るんだ。絶対に世間に洩《も》れるようなことがあってはいかん」

妻はうなずいた。

「私の子だとは思えんな」彼は大きなため息をついた。「親の顔に泥を塗るとはまったくけしからん。お前もお前だよ。替え玉なんていい度胸だ」

「仕方なかったのよ。三流大学じゃ、あなただって人間扱いしなかったでしょ？」

「何だと？」妻の言葉に議員は気色ばんだ。

「一度でもシニに温かく接してやったことがありました？　あの子だって本当は意欲はあるんです。でも、やってもダメなんです」

「努力してできないことなどあるものか」

妻は我慢がならないというように大きく息をついた。

「ええ、そうですよね。シニは私に似ました。あなたは自分が優秀なもんだから、地方大学出身の私をバカにして、できの悪い娘も憎いんでしょ。でもね、あなたがいくら偉くても、私の実家の後押しがなかったらどうでしたの？　確かに会社を大きくしたのはあなたの力だけど、何もないところから始まったわけじゃないわ。あなた一人で国会議員になったと思うの？」

「お前に意見する資格はないだろ？」

「わが子が苦しんでいたら、助けるのが親でしょ。私たちの子なのよ。惨めな姿を、一生何もせずに見ていろって言うの!?」

激しい口調で責め立てる妻の姿を初めて見て、議員はわずかにたじろいでいた。

翌日から、シニは大学から直行で帰宅することになった。講義終了と共にタクシーに乗り込む。家に着く時刻になると見計らったように議員秘書から家に電話が入り、帰宅を確認される。息の詰まる毎日だったが、シニは密かに打開策を練っていた。

ある日、門の前でタクシーを降りると、背後から「イ・シニさん」と声をかけられた。怪訝《けげん》に思いながら振り返ると、警備会社の巡回車が停まっていて、それにいつぞやの警備員がよりかかっている。彼はにやにやしながら近づいてきた。

「車はどうしました？」

彼女は無関心を装ったが、警備員はお構いなしに喋《しゃべ》り続ける。

「最近、おとなしくしてるみたいですね。夜遅く出歩くのを見かけないから」

彼はポケットに手を入れると数枚の紙幣をつまみ、シニの眼前に差し出した。

「何これ？」

「さあ、受け取るんだ」

シニが無視して背中を向けると、警備員は彼女の肩をつかんで強引に振り向かせた。

「ちょっと、放してよ！」シニが思わず叫ぶ。

「俺が望んだのは君との昼食だ。三万ウォンが欲しいわけじゃない」

彼は紙幣をアスファルトに叩きつけた。シニは男の目を冷たく覗き込んだ。

「どうして私につきまとうの？」

「元気な君が気に入ったからさ」

その言い草にシニは唖然とした。彼は名刺を取り出し、押し付けてくる。

「気が向いたら、いつでも電話して。俺はパク・スンジェ。昼メシ以外でも、助けが必要なときは連絡してくれ」

なんて図々しい奴だろうと思いつつ、シニは吐き捨てるように言った。

「そうやって勝手に言ってれば？」

「何が起こるかわからないさ」

スンジェは口の端で笑うと、巡回車に乗り込んで去っていった。

シニは部屋に戻ると警備員のことを頭から追い出し、謹慎生活から何とか抜け出そうとあれこれ考えた。そして、日課表を作ることを思いついた。

翌朝、でき上がった表を持って父の書斎のドアをノックした。執務中の父の机におずおずとその紙を差し出す。父は顔を上げて「これは何だ?」と言った。

「私の日課表です。これからは気をつけます」

一週間の予定が桝目《ますめ》にぎっしり書かれた表に、議員は素早く目を走らせた。

「放課後にスポーツをするのか?」

「ヒョヌさんが一緒にやらないかって……。本当です。ヒョヌさんが朝夕に送迎してくれます。嘘だと思ったら、直接電話で確かめてください」

嘘だったが、父親はその日課表を認めた。これでまた自由に外出できる。その日の夕方、シニはさっそくヒョヌの通うスポーツジムに顔を出して、アリバイ工作をすることにした。

ひと泳ぎしたヒョヌがTシャツに短パンという軽装でロビーに出てきてシニに手を振る。

「久しぶりだな。外出禁止令が出てるんだろ?」

「外出許可が出たから謝りにきたの」

「何を？」

「お母さまに告げ口したこと。……でも、ヒョヌさんを諦《あきら》めたんじゃないからね」

「シニ、俺は……」

ヒョヌが何か言いかけたが、シニはそれを遮った。

「これからは毎日送り迎えして。それがパパの出した条件なの。そうしないと、今度こそ手錠をかけられて監禁されちゃうわ」

「そんなの無理だよ……」

「どうせ通り道じゃない。車でないと不便で嫌なの。今日も車でしょ？」

「今日はこれから約束がある」

「約束って誰と？」

ヒョヌはそれに答えずに、シニの姿を見て言った。

「それより何だ、その格好は？　パーティでもないのに、学生らしくないぞ」

シニは自分の服装を見下ろした。久しぶりの放課後外出で少々派手めになったかもしれないけれど、パーティなんて大げさすぎる。でも、ヒョヌが自分の格好に興味を持ってくれているのは嬉しかった。

結局、タクシーで帰ることにしたシニは行きつけの美容院に寄り、ソフトカーリーの髪をストレートに戻した。そして帰宅すると、ワードローブをすべてひっくり返し、学生らしい落ち着いた服装を研究し始めた。色はモノトーンか淡いもの、形はジャケットと膝丈《ひざたけ》スカートが基本、素材はウール……。姿見の前であれこれ試してみる。

ヒョヌの気持ちを少しでもこちらに向けようと、時間も忘れて没頭した。気づいたときにはすっかり夜になっていた。おまけに雨が窓を叩いている。

シニはふと窓辺へ行って外を覗いてみた。すると、ちょうど門の前に白い車が停まったところだった。見覚えのある車。ヒョヌの愛車だ。見ていると、運転席から傘を広げながらヒョヌが出てきた。途端に胸が高鳴る。

だが、彼が傘を差しかけた助手席のドアからジャヨンが降り立ったのを見て、シニの表情は一変した。一つの傘の中で、二人は何やら笑いながら話している。そして、ヒョヌがジャヨンの額に唇を寄せた！

シニは目を疑った。ショックで声も出ない。ヒョヌがジャヨンを送るなんて！　それどころか額にキスまで……。それまでの疑念が完全に確信に変わった。あの二人は付き合っているのだ。ヒョヌが彼女を気に入っているのは知っていた。ジャヨンが裏でコソコソやっているのもわかっていた。だが、本当に付き合っているなんて！

体の中で怒りの炎が燃え上がり、彼女は部屋を飛び出した。

T r u t h

第六章　二人を引き裂いて

手を振ってヒョヌの車を見送ったジャヨンが額に残る口づけの余韻を感じながら門のブザーに手を伸ばした瞬間、鉄扉が開いた。

その音に驚いて見ると、そこにはシニが立っていた。この雨の中、傘もささずに。シニの目は激しい憤怒に満ちていた。ジャヨンが門の中に入っても、彼女は雨に打たれたまま微動だにせず、じっと冷たく睨《にら》みつけてくる。

二人でいるのを目撃されたのは明らかだった。ついに交際の事実を知られてしまったのだ。シニはそれを咎《とが》めようとしているのに相違ない。ジャヨンはためらいがちに傘を差しかけ、一つの傘――ヒョヌの傘――の中で彼女と目と目を合わせた。

「ヒョヌさんとはいつから?」シニが切り出した。「いつから私に内緒で付き合ってるの?」

「シニ、あなたには悪いと思ってる。でも、そうなってしまったの」

「そうなった……。関心ないって言ったのはどこの誰? あんたがその口で言ったのよ」

ジャヨンは言い返せずに俯《うつむ》いた。だが、彼と二人でいるのを見られた以上、彼女にははっきりと伝えておかなければならない。ジャヨンは本音を伝えた。

「興味が……湧《わ》いたの」

「興味？　私がヒョヌさんをどんなに思ってるか、どれだけ長い間好きでいるか、あんた知ってるでしょ？　それなのに興味ですって？」

「言い訳の言葉もないわ。でも、湧き上がってしまった気持ちは抑えられない」

「何ですって？」

「あなただって、彼を想う気持ちをコントロールなんてできないでしょ。いくら彼があなたを好きでないと言っても」

シニのこめかみがぴくんと震えた。

「どういう意味？　私にヒョヌさんを諦《あきら》めろって言うの!?」

「一番大切なのは、ヒョヌさんの気持ちだわ」

「ちょっと！　あんたがあの人に似合うと思ってんの？　釣り合うもんですか。後で泣きを見る前に今すぐ手を引いたほうがいいわ」

「それは私と彼の問題よ。干渉しないで」

ジャヨンがきっぱりと言うと、シニの視線に鋭さが増した。

「あんたになんか、絶対ヒョヌさんを渡さない」

「彼は物じゃない。それに私だって、彼だけは諦めない。今度ばかりは今までみたいに諦めるつもりはないから」

「私の代わりに大学を諦めて浪人したことを言いたいの？　それならもう代価は支払ったわ。十分過ぎるほど貰《もら》っといて、今さら大きな顔しないでよ」

「じゃあ、自力で彼を振り向かせたら？　こんなところで口論する暇があるなら」

いつの間にか雨は上がっていた。ジャヨンは傘を閉じると、ゆっくり石段を登り始めた。

「ねえ、待ちなさいよ！」

シニの声を無視し、彼女は歩き続けた。今までの確執はこれで決定的なものとなった。ついに二人は恋敵となってしまったのだ。


部屋に戻ったシニはタンスの奥にしまってある白いバスケットケースを取り出し、蓋《ふた》をゆっくりと開けた。

中にはヒョヌとの思い出が詰まっている。手紙、クリスマスカード、バースデイカード、二人で写した写真、彼から贈られたバラのドライフラワー、広口瓶に入れたこまごました品。五年間という宝石のような時間がこの中に凝縮されている。大切な思い出のかけらはいつまでも色褪《あ》せることなく、これからもっともっと増えていくはずだった。それなのに……。

きらめく星のような記憶をそっとたぐり寄せ、シニは大粒の涙を流した。

翌日、シニは淡いグレーのセーターに黒いパンツ、黒いコートといういでたちで経営学部の建物の前に立った。どこから見ても品行方正な学生の姿だ。

急ぎ足のヒョヌが出てきた。彼女が声をかけると、ヒョヌは驚いた顔を向ける。

「ああ、シニじゃないか」

シニは笑顔で彼の次の言葉を待った。彼好みの落ち着いた服装を褒められたかったのだ。しかし、彼はまるで無関心だった。シニは落胆したが、すぐに気を取り直して言った。

「話があるの。お昼ご飯まででしょ？」

「うん……。これから図書館に本を返しに行きたいんだ。そのあと約束もあるし」

「ジャヨン……と？」

ヒョヌの口元に微かに微笑みが浮かんだが、シニは気にせず続けた。

「ねえ、彼女といつから内緒で付き合ってるの？」

「内緒になんかしてないよ」

「私、そんな話は聞いてないもん」

「だって、告げ口されるのが心配だったから……」

そう言って子供のように笑うヒョヌを見て、シニもわずかに表情を和らげた。

「意地悪。一度注意されたらもうしないわ。それにもう謝ったでしょ。それより、いつなら会える?」

「今日は忙しくてダメだ。また電話して。じゃあ」

ヒョヌは慌ただしく立ち去っていった。遠ざかる後ろ姿を見てシニは肩を落としたが、めげはしなかった。まだ次の手がある。彼女はすぐにキャンパスをあとにした。


レストランでヒョヌと昼食を共にしているというのに、ジャヨンの食欲は一向に進まなかった。昨夜シニに目撃されたことが、一夜明けても心に重くのしかかっている。つい勢いで宣戦布告のようなことも言ってしまったが、シニの好きな男性を横から奪ったというのは間違いない。どうしても後ろめたさを感じてしまう。

「なんだ、全然食べてないじゃない。疲れてるの?」

ヒョヌの声にハッと顔を上げる。

「私たちが付き合ってること、シニに気づかれちゃって」

「それがどうした? 別にそんな辛そうな顔をするほどの問題じゃないさ」

「彼女があなたのことを好きだと知っているから辛いの」

「シニが僕のことをどう思おうと、それで君が気を使う必要はないよ。彼女は僕にとって可愛い妹分。それだけだ」

「でも、すっきりしないの。申し訳ないと思うけれど、でも、どうすることもできないし」

「あいつ、感情の起伏は激しいけれど裏表はない子だよ。何をそう怖がってるの?」

「彼女、きっとあなたのことを諦めないと思う。……でも、私もあなたを諦めたくない」

ヒョヌは嬉《うれ》しそうに笑い、居住まいを正した。

「なら、もう心配しなくていい。僕が好きなのは君だよ。シニは関係ない。あいつ、口は悪いけど、あれで案外考えてるんだ。うちの母に告げ口したことも謝りにきたし」

ジャヨンはため息をついた。シニとの間の根深いわだかまりについて彼は何も知らない。

「二人の間に何かあったの? かなり仲が悪そうだけど」

「いいえ」ジャヨンは慌てて首を振った。「それより、私のことは当分ご両親には内緒にしてくれない? ご心配かけたくないし」

「心配? それこそ心配無用さ。うちの親も恋愛結婚だし、母は普通の家の娘だよ。まあ、親には親の願望があるだろうけど、僕の意思は尊重してくれると思う」

ヒョヌはあくまで無邪気に笑う。その屈託のなさが彼の魅力の一つではあるが、ジャヨンの気分は晴れなかった。自分の欲望を貫くために他人を平気で踏みつけにし、犯罪まがいの行いもいとわないシニのことだ。このままで引き下がるわけがない。五年間も想い続けた男性を取り返すためにどんな手段を使ってくることか。たとえヒョヌの大きな愛情に包まれていても、ジャヨンは湧き上がる不安を消し去ることができなかった。

シニはキャンパスからまっすぐギャラリーへと向かった。

コーヒーを出してくれたヒョヌの母は、ソファに座ると心配そうに尋ねた。

「お昼も食べずにコーヒーだけで大丈夫？」

「あまり食欲がないんです」

「そう言えば、何だかいつもと違うみたい」ヒョヌの母はシニをじっと眺める。「今日の服装のせいかしら？」

途端にシニの顔が輝いた。ストレートパーマまでかけて清楚《せいそ》な女子大生風に決めたのをやっと気づいてもらえた。それも、一番アピールしておきたい相手にだ。

「ヒョヌさんが、学生は学生らしくしろって」

「あら、あの子、そんなことに干渉するの？」

シニはそれを受け流すと、背筋を伸ばして口調を改めた。

「お母さま。私……ヒョヌさんを好きになってはいけませんか？」

「いけないも何も、それはシニの自由よ」母はほがらかに笑う。

「中三のとき、初恋の相手がヒョヌさんでした。それからずっと好きなんです。でも、ヒョヌさんは違うみたいで……」

「そうだったの？」母は目を丸くした。「今時のお嬢さんにしては、意外と古風なのね」

「私のほうを向いてくれるまで待とうかとも思ったんですけど、直接ヒョヌさんに言おうと決心しました。でも、その前にお母さまにお話しておこうと思いまして。……ご承諾いただけますか？」

ヒョヌの母はコーヒーを口にしてからシニを見た。

「あなたのご両親は何ておっしゃってるの？」

「話してません。私のために恥をかくかもしれませんから」

「恥ですって？」

「ええ。正式に申し込んでヒョヌさんに断られてしまったらと思うと……」

シニは初々しく俯《うつむ》いてみせた。コーヒーカップに手を伸ばし、そっと顔を上げてみると、ヒョヌの母は温かい目でこちらを見つめている。シニは今日の成果に満足していた。

その夜、ヒョヌの母はチェソン財閥グループ会長である夫にシニの訪問を報告した。ギャラリーでの会話を伝えると、彼は新聞から目を上げて笑い声を上げた。

「率直なお嬢さんだな。好きになっていいか尋ねに来るなんて。で、ヒョヌはどうなんだ?」

「それがね、ちょっと消極的なの」

「イ・テクチュン議員の娘さんか……。姻戚《いんせき》関係を結べば、グループも安泰だな。イ議員の力があれば、資金も回転するだろうし」

「そんなに大変ですの?」妻が顔を曇らせる。

「うちだけじゃない。国内外とも景気は悪くなる一方だからな」

「この際……ヒョヌとシニの話、進めてみましょうか?」

夫は新聞をテーブルに置くと、ソファに深く身を預けた。

「そうだな。だが、あのヒョヌが受け入れるかな。あの子は純で一本気なところがある。父親の事業のために婚姻関係を結ぶなどと知ったら……」

「いいえ、あなた。シニがいい子だからこそ、この話を進めるんです。シニほどできた子はいませんよ。私たちであの子を説得してみましょう。話のわからない子じゃないし」

そのとき、広いリビングのドアが開き、ヒョヌが入ってきた。

「ただいま帰りました」

両親は「おかえり」と言いながら、互いに目配せして話を切り上げた。ヒョヌは妙な雰囲気を感じ取ったようだったが、そのまま二階の自室に向かった。と思う間もなく携帯電話の着信音が微かに聞こえ、二、三言受け答えする声がしたかと思うと彼が階段を下りてきた。

「ちょっと出かけてきます」

「あら、こんな時間に？」

「シニが話があるというので」

息子が出ていくと、両親は驚いた顔を見合わせた。


「結婚してほしいの」

カフェの片隅でシニは単刀直入に切り出した。ヒョヌはコーヒーカップを持つ手を止めたまま、目を丸くして彼女を見ている。

「ヒョヌさん。私、正式にプロポーズしてるのよ。考えてくれない？」

「プロポーズ？」

「中学三年の時からずっとヒョヌさんだけを想っていたの。適当に付き合った人はいたけど、本当に好きなのはヒョヌさんただ一人。ジャヨンと付き合ってるって聞かされて、私がどれほどショックを受けたかわかる？　私の気持ち、十分知ってたはずよ。あなたを好きだってこと、愛してるってこと。なのにジャヨンと……。私の心をどうして無視するの？」

恥も外聞もなくぶつけた本音。ヒョヌの顔には困惑がありありと浮かんでいる。

「無視したわけじゃないさ。でも……僕は何もしてやれない」

「どうして？　私にチャンスくらいくれてもいいでしょう？」

「僕にとって君は妹でしかないんだ。今までも、そしてこれからも」

目頭が熱くなるのをこらえ、シニは必死にかぶりを振った。

「私は違う。妹なんかじゃない。私は何でもヒョヌさんの言う通りにしてきたわ。どれだけ努力したと思う？　同じ大学に入りたい一心で、死ぬほど勉強した。少しでも顔が見たいから、徹夜で英単語を覚えて同じサークルにも入ったわ。ヒョヌさんの気に入るように、こうして服装も髪型もすっかり変えたのよ」

「シニ」彼は苦しそうにつぶやく。

「それでもダメなの？　絶対にダメなの？」

「すまない、シニ。君が思ってくれるのと同じくらい僕はジャヨンを思ってる」

胸に強烈な痛みが走り、シニは声も出なかった。

「僕は初めて人を好きになったんだ。彼女は……初めて愛した女性なんだ」

愛という言葉を彼の口から聞いて、シニの中で痛みがたちまち怒りに変わる。激しい感情が刃となって溢《あふ》れ出た。

「ねえ、彼女のどこがいいの？　一体どこが好きなの？　懸命に生きてるから？　貧しいんだもの、懸命に生きるしかないでしょ。私と違って地味なところ？　おしゃれするお金がないだけじゃない。ヒョヌさんはジャヨンが貧乏だから好きなの？　そういうこと？」

「そんな言い方をするもんじゃないよ」

困り果てた顔でそう言うと、ヒョヌは立ち上がった。シニがすがるように見上げる。

「どうして彼女なの？　よりによって……なぜジャヨンなの？」

とうとう彼女の目から涙がこぼれ落ちた。だが、ヒョヌはすでに背中を向け、歩き始めていた。にじむ視界の中で彼の後ろ姿が小さくなっていく。

今まで自分の望むものは何でも手に入れられたが、本当にそれらを欲していたわけじゃない。でも、今度ばかりは違う。彼への気持ちは本物。心の底から彼の愛が欲しい。それなのに、思い通りにならない。なぜこれまでのようにいかないのだろう……。

シニはカフェを出ると、バーに入った。小さなテーブルでスコッチをあおる。客の姿はほとんどなく、バーテンダーも無関心。シニはただ一人、自分の殻に閉じこもって、ボトルからグラスに注いでは喉《のど》が焼けるような液体を流し込んでいった。

涙があとからあとからこぼれた。テーブルを照らすアルコールランプの炎の中に愛しい人の面影が現れては消えていく。手を伸ばしたくとも、激しい熱さのために触れることすらできない。彼はもはや手の届かない存在……。

どれほど飲んだのか、気がつくと頬《ほほ》にひんやりと固い感触があった。目を開けると、街灯の鉄柱が目の前にあった。シニは重い体を起こすと、繁華街の通りをふらふらと目的もなく歩き始めた。行き交う人々の中にヒョヌの姿を探したが、そこにいるはずもない。彼女はシャッターの下りた商店の壁にもたれ、いつも身につけているヒョヌのスナップ写真を取り出した。眺めるうちに悲しみがあらたになり、嗚咽《おえつ》が漏れる。その場にしゃがみ込み、声を上げて泣いた。もう帰らなくてはいけない。けれど、どうやって帰ればいいのだろう。朦朧《もうろう》とした頭の片隅にタクシーという言葉が浮かんだ。大通りを目指して歩き出したシニの目の前で色とりどりのイルミネーションがぐるぐると渦巻く。次第に曖昧《あいまい》になっていく現実と夢の境界を彼女は漂い始めた。

非番だったスンジェはその夜、イ議員の家を監視していた。夜も更け、無駄なことをしているのではないかと思い始めたとき、門が開いてシニが現れた。

スンジェはすぐさま尾行を開始した。通りに出てタクシーを拾った彼女は繁華街のカフェに入った。しばらく店の前で待ってから中に入ると、彼女は片隅の席で若い男と向き合っている。素知らぬ顔で背後の席に座って耳を澄ましていると、面白い情報がたくさん入ってきた。

若い男を巡って議員の娘と運転手の娘が恋のライバルとは。彼は張り込みもタクシー代も無駄ではなかったとほくそ笑んだ。

男が一人で出ていった後、シニが腰を上げると、スンジェは距離を置いて彼女を追った。バーで飲み、酔いの回った顔で街をふらつく。立ち止まって写真を見ては泣く。まるで夢遊病者のように歩くシニをつかず離れず監視していると、やがて彼女はタクシー乗り場へ向かった。彼女が停めた一台に、横からカップルが割り込んだ。シニは回らぬろれつで「横取りしてんじゃないよ」と叫び、男に突っかかったが、軽く突き飛ばされてよろめいた。それでもつかみかかっていく彼女に、業を煮やした男が手を上げようとした。

スンジェはその手を後ろからつかんだ。男はハッとして振り向いたが、そのまま腕を捻《ねじ》り上げると、情けない声を上げて路上に倒れ込んだ。スンジェはすでに後部座席に座っていた女をつまみ出し、ふらつきながら立っているシニに手を貸してタクシーに乗り込んだ。

車は夜のソウルを滑るように走った。すっかり眠り込んだシニが肩にもたれてきた。スンジェはそうされるのが好きでなかったが、そのまま彼女の頭を支えて髪を撫《な》でた。どれほど家柄がよく金持ちだとしても、ここにいるのは男に振られて酒に救いを求めた一人の女。哀れだ、と彼は思った。

朝は頭痛と共にやって来た。

シニが重い頭を抱えてベッドに起き上がっていると、母親がトレーを持って入ってきた。母の顔を見た途端、シニは言いたいことを吐き出した。

「ママ、ジャヨンたちを早く追い出して。同じ家にいるなんて、もう我慢できない」

「そうしたいけど、パパが許可しない限り無理なのよ。それに彼女が出て行ったとしても、あなたがヒョヌとうまくいくっていう確証はある?」

「ジャヨンのほうは私がどうにかする。ママはパパを説得して、お願いだから。ね?」

娘の懸命さを見て、母はいじらしく思ったようだ。

「そんなにヒョヌが好きなの?」

「うん」シニは力強くうなずく。

「でも、彼はジャヨンが好きなんでしょ?」

「いくらそうでも、ジャヨンにだけは絶対に渡すもんですか」

「わかった」母は大きなため息をついた。「私からパパに話してみるわ」

スープを載せたトレーを化粧台に置いて、母はドアノブに手を掛けたが、思い出したようにシニを振り返った。

「そういえば、ゆうべあなたを送ってきてくれた人は誰?」

「え？」シニは記憶をたぐって眉根《まゆね》を寄せた。「そういえば、男の人がいたような……誰だった？」

「この子ったら、まったく。親の心配も知らないで」

母は呆《あき》れ返って出ていった。入れ違いに妹が入ってくる。

「ゆうべの彼が渡してくれたって」彼女は紙切れを差し出した。「あれ、誰なの？」

受け取った四つ折りの紙片を開くと、走り書きがある。

――明日起きたら電話してくれ。心配だから。　スンジェ
それを読んだ途端、シニは唖然《あぜん》とし、やがて苦笑した。パク・スンジェ、図々しい警備員。連絡こそしなかったが、いつか言ったように助けが必要なときに本当に助けに来たらしい。シニはふと彼の利用価値を真剣に考えてみようという気になった。使える男かもしれない。

「運転手のイさんですけど、この家を出て行ってもらうわけにはいきませんの？　この際、若い人を雇うとか？」

娘の頼みに従い、シニの母はさっそく夫に切り出してみた。着替え中の議員はネクタイを締める手を止めて、不機嫌な顔で妻を見た。

「急に何を言い出すんだ？」

「使用人と長く一緒に住むのもどうかと思うんです。それに、シーもジャヨンとは気が合わないようですし……」

「まったく、女の言うことと言ったら」議員は呆れるように言った。「どうしてお前は目先のことしか考えないんだ。今がどんな時かわからんのか？ 出馬申請を控えてるんだぞ。うかつに解雇なんかしてみろ。そこから替え玉の件が相手陣営に流れて、市長はおろか私の政治生命も終わりになってしまう」

イ・テクチュンは間もなくソウル市長選へ立候補しようとしている。替え玉の件を知ってからというもの、自分が爆弾を抱えていることを常に自覚し、気の休まるときがないのだ。

「でも……」妻は反論を試みる。「納得のいく額のお金を渡せば大丈夫じゃないの？ あの家族にはマンションだって与えたんだし……」

「金で解決するのか？ 貧乏人をバカにしてると誤解されるのがオチだぞ。それより、今まで以上によくしてやるんだ。もっと待遇よく、向こうが申し訳ないと思うほどな」

妻の表情には露骨に嫌悪が浮かんだが、夫の命令は絶対であることもわかっていた。

夫を送り出して部屋に戻ろうとしたとき、キッチンからジャヨンの母が出てきた。

「奥さま。片付けましたので失礼します」

頼みもしない仕事をする彼女が疎《うと》ましくもあったが、夫の言葉を思い出し、シニの母は彼女をその場に待たせると部屋に戻って高価な朱色のアンサンブルを持ち出した。

「これ、よかったら着てちょうだい」

「まあ、私にくださるんですか⁉」

ジャヨンの母は飛び上がるほど喜んだ。それもそのはず。数日前にこれを見た彼女は、カシミヤの高級感を誉めそやし、よだれを流さんばかりに羨《うらや》ましがったのだ。

「私ちょっと太ったのかしら。少しきついのよ。それにあなたはよく手伝ってくれてるし」

「奥さま、ありがとうございます。大事に着ますね。本当に嬉しいわ」

ひれ伏すようにして地下室に帰る彼女を見ながら、シニの母は贈り物の効果を願っていた。


ジャヨンは慎重にハンドル操作をした。縦列駐車、クランク、切り返しと、試験場コース内の難所を次々にクリアしていく。終点でサイドブレーキを引くと、ダッシュボードに設置された無線スピーカーから試験官の声が流れた。

『二十一号車、イ・ジャヨンさん。合格です』

車を降りて飛び上がるジャヨンに、コースサイドにいたヒョヌが駆け寄った。二人はハイタッチして、彼女が運転免許を取得できたことを喜んだ。

急ごしらえの祝賀会は試験場近くのピザ屋で開かれた。ソフトドリンクで乾杯すると、ピザを切り分けながら、ヒョヌは嬉しそうに言った。

「免許の次は、スイミングにトライしよう」

「スイミング？」

「うん。そのあとはゴルフにスキー、それからテニスも」

「これからはイ・ジャヨン選手って呼ばれるのかしら。どうしてそんなにいっぺんに？」

「多すぎる？　でも、君と一緒に行きたいんだよ。ゴルフ場やスキー場や海に……。そう、海だって、冬の海、夏の海、夜明けの海に日暮れの海。それを全部君に見せてあげたい」

今までの自分の暮らしとはあまりにかけ離れた世界だ。戸惑う彼女を尻目《しりめ》に、ヒョヌは楽しげに話を続ける。

「君が何かを初めて体験する場には必ず僕が一緒にいるんだ。何だか、考えただけで楽しくなってくるよ。まあ、ともあれ免許を取ったから、アメリカでも大丈夫そうだな。あの国は車がないと生活できないから」

アメリカ？　ジャヨンがきょとんとしているとヒョヌが説明を始めた。

「来年春からの留学には君と一緒に行きたいと思ってるんだ。君は考えてみたことなかった？」

「だって……今の私の状況で留学なんて考えられっこないわ」

「じゃあ、僕が一人で行くと思ってたの？」

「ヒョヌさんが帰ってくるまで待てるもの」

「君を置いては行けないよ。君と一緒に学んで、週末はあちこち旅をする。そんな風にいつも一緒にいたいんだ」

明るい未来を語るヒョヌをジャヨンはまぶしく感じ、また心から嬉しく思っていた。彼と一緒に留学。それが実現できたらどんなに素晴らしいだろう。だが、あたかも太陽を隠す暗雲のように胸に湧《わ》き上がる不吉な予感をジャヨンは抑えることができなかった。

予感はその日のうちに現実となった。キャンパスまで車で送ってもらい、ヒョヌに別れを告げて建物に入ろうとしたとき、入り口にシニが立っていたのだ。

「話があるの」

喫茶店の奥の席で向き合って座ると、シニは勝手にコーヒーを二つ注文した。

「話って何？」

「プライドも何もすべて捨てて話すわ」

覚悟を感じさせる一言に気圧され、ジャヨンは黙ってシニの話に耳を傾けることにした。

「ヒョヌさんの好きな人はあんただってわかってる。あんたも彼が嫌いじゃないのよね。だから、二人の家柄が釣り合わないなんて話はもうしない。あんたはよく知ってるだろうけど、私は自分の力では何もできないし、そんな能力も持ち合わせていない」

シニは悲しげに微笑み、言葉を続けた。

「私の昔からの夢はね、好きな男の人と結婚して専業主婦になることなの。ご飯を作って、洗濯をして、子供を幼稚園に送り迎えして、週末はたまに家族で買い物や外食をする。そんなふうに暮らしたかった。……いえ、今もその夢は変わらないわ」

コーヒーが運ばれてきて、シニは一口飲んだ。

「私にとってはヒョヌさんがすべてなの。ヒョヌさん以外の人のことはもう考えられない。私はこんな性格だから、好きなんて言えずに五年も待ったの。いつかは一人の女として扱ってくれると思ってた。それなのにヒョヌさんは私でなく、あんたを好きになった」

ふと目を伏せたシニを見て、ジャヨンは哀れに思った。これほど内面をさらけ出す彼女は初めて見る。だが、再び顔を上げたシニの目は怪しく光っていた。

「あんたは自分のやりたいことがちゃんとあるじゃない。世の中に出て自分の力で成功したいんでしょ？　そうする能力だってある。だったら、そう生きてよ。そういう生き方だったら、どうしてもヒョヌさんが必要というわけじゃないでしょ？」

「シニ、あなたの言いたいことはわかったわ」

その答えにシニの顔に期待が浮かんだが、ジャヨンはぴしゃりと言った。

「でも、あなたの望むようにはできない。私、ヒョヌさんのことを心から愛してるの」

シニが信じられないといった顔になる。

「何ですって？　これほどお願いしてるのに？」

「あなたには悪いけど、間違ったことはしていないわ」

そう言ってジャヨンが口をつぐむと、二人はじっと睨み合った。無言のうちにもまるで火花の散るような視線が絡み合う。やがて、シニが泣きそうな顔で目をそらした。

ジャヨンは黙って席を立ち、店をあとにした。

バスに乗り、家に着いたときにはすでに辺りが暗くなり始めていた。

門まであと数メートルのところで、道端に停めた車に寄りかかって立っている男に気づいた。

ジャヨンはその顔を見て愕然《がくぜん》とした。

パク・スンジェ……。卑劣な警備員。

同時に彼もジャヨンに気づいたようだ。彼女は目を伏せて門に向かおうとしたが、彼は進路に立ちふさがった。

「久しぶりだな」

「そうね」彼女は感情のない声で言った。

「大学に入ったのか？」

「おかげさまで」

ジャヨンはスンジェをよけて家へ向かったが、彼はその背中に声をかけてきた。

「あの日、どうして来なかったんだ？」

「今さらあの時のことを話す必要がある？」背中を向けたまま答える。

「素敵な彼氏ができると、俺みたいなつまらない男はすぐ忘れちゃうんだな。あの頃《ころ》あまり連絡しなかったのは、すべて君を思えばこそだったんだ。君が勉強するべき時間を俺が一人占めしてしまっていたから」

ジャヨンは肩越しに彼の顔を見た。なんて見え透いた嘘《うそ》。彼女は答える気にもならずに門に入った。鉄扉の向こうに「じゃあな」という声が消えた。


喫茶店に一人残されたシニは涙を流して泣き、何とか気持ちを落ち着けてからタクシーを拾った。自宅の手前でタクシーを降りようとして、門の前に誰かがいるのに気づいた。ジャヨンとスンジェだ。二人で何やら話している。

あの警備員がジャヨンに何を？　そう思ったとき、彼女の脳裡《のうり》を昔見た光景がよぎった。ジャヨンが浪人中、門の前で抱き合ってキスまでしていた男……。その顔を思い出した。そうだ、間違いなくスンジェだ。シニは思わずニヤリとした。これはきっと使える。

ジャヨンが家に入ったので、シニもタクシーを降りて門に近づいた。インターホンを押して電子ロックが解除されたとき、スンジェが近づいてきた。

「待ったた甲斐《かい》があったな」

「待つって、誰を？」わざと皮肉をこめる。

「君から電話がないから、わざわざ訪ねてきたのに。メモを見なかったのか？」

「そうね。あの夜のことは感謝するけど、もう私の前に現れないで。ヘドが出そう」

スンジェは「何だと？」と顔をこわばらせた。

「あんた、自分の立場をわきまえないところがジャヨンとそっくり。だから、彼女といちゃついてたの？」

「俺は……自分のやりたいようにやってるだけさ」

「住所を確かめて出直したら？　パク・スンジェさん」

鼻先で笑いながらそう言うと、シニは家に入って門を閉めた。

ジャヨンが地下の玄関を入ると、母親が鮮やかな朱色のアンサンブルを着て出てきた。

「ジャヨン、これどう？　結構似合うだろ」くるりと回ってみせる。「これ、カシミヤっていうんだ。きれいだと思わない？」

「買ったの？」

「高くて買えるわけないだろ。奥さまからよ。この頃、何だか特によくしてくださって」

「お母さん！」

ジャヨンの鋭い声に母は飛び上がり、「びっくりするじゃない」と喘《あえ》いだ。

「どうしていつも上から物を貰ってくるの？　性根が卑しすぎるわ」

「そんな言い方、あんまりじゃないか」

「あのね、お母さん……」

だが、母はぷいっと奥の部屋に入ってしまった。少し言いすぎたかもしれない。シニに弱みを見せたくないと思うあまり、つい母に強く言ってしまったことを、ジャヨンは反省した。

彼女は自室に荷物を置くと、封筒を持って両親の部屋に入った。母は鏡台の前に座り込んでいる。脇に脱いだアンサンブルが丸められていた。

「お母さん……」

「着なきゃいいんだろ」母は背中を向けたまま拗《す》ねた声で言う。

ジャヨンは母の後ろに座ると、母の足元に封筒を置いた。

「はい、これ。これで服を買うといいわ。家庭教師代が入ったらちゃんとお金を渡すから、シニのお母さんから貰うのはもうやめて」

「いらない」母は封筒を押し返した。「お前からは貰えないよ。ヨンチョルが株で儲《もう》けたら、買ってもらうよ」

「機嫌を直してよ、お母さん。さっきのは悪気があって言ったんじゃないのよ」

「だって、お金貯めてパソコン買うんだろ？」

「来月から貯めればいいわよ」

ジャヨンが封筒を無理やり握らせると、母はようやく微かに笑顔を見せた。それを見てジャヨンはほっと胸を撫で下ろした。


スンジェは帰宅してから黙り込んだままで、布団に入ってもずっと天井を見上げている。望みは単純だ。国会議員の娘をうまく手なずけて出世の足掛かりにし、金と権力を持つ者の仲間入りをすること……。だが、事態はなかなか思うように進まない。肝心の標的が思ったより鼻っ柱が強い上に、運転手の娘の失敗が尾を引いているようだ。

「まだ寝ないのか？」

隣で横になっていた兄がむっくり起き上がった。スンジェはぽつりと言った。

「なあ、兄貴。〝鶏を追ってた犬が屋根を眺める〟ってことわざ知ってるか？」

「常識だろ？　バカにするな」

「その屋根に逃げちまった鶏だけど、兄貴ならどうやって捕まえる?」

「え? そうだな……はしごを掛けて屋根に登るな」

「はしごがなかったらどうする?」

兄は呆れて弟の顔を見た。

「何だ、こんな時間にクイズか?」

「なあ、どうする?」

「どうするって。待つしかないだろ。腹が減ったら、鶏だって下りてくるよ」

「俺なら……家を壊す。家をばらして、鶏を引きずり下ろしてでも捕まえてみせる」

スンジェは固い決意を込めてそう言った。


同じ夜、ヒョヌの部屋に母が入ってきた。何やら話があるという。

「婚約して一緒に留学してくれたら安心だわ」

ヒョヌは耳を疑った。彼にとって母は心から敬愛する人だ。他の親のように子供の行動に干渉したりせず、政財界の付き合いに無理に同席させようともしない。将来についても息子の自主性に任せている。そんな母が相手の意向を無視する言動を見せたのだ。

「母さん、何が言いたいんですか?」

「シニよ。気さくで明るくていい子じゃない」

「僕にとってはあくまでも妹みたいな存在ですから」

「今まではそうかも知れないけれど、今後のことをよく考えて。シニはあなたをとても好いてるわ。家庭環境や容姿や学歴も申し分ないじゃない」

「結婚相手は自分で決めます」

母はその言葉に驚いたようだ。

「あなた、例の彼女と今も交際してるの?」

彼は恥じることなく「ええ」とうなずいた。

「この前、お付き合いはやめるようにきちんと話したはずよ」

「彼女はいい子です。どうして一度も会わずに決めつけるんですか?」

「それなりのお嬢さんでないと困るのよ」

「確かに、父さんと母さんが期待する家柄ではないかもしれません。でも、彼女に会えばきっと気に入るはずです。母さんだって恋愛結婚だったでしょう?」

「だから言ってるのよ」母はいつもに似ぬ強い語調で言った。「大きく事業を展開してる家だからこそ、嫁いできてどんなに苦労したか……。父さんが大変な時、私は何一つしてあげられなかったわ」

「でも、二人仲良くやってきたでしょ？　それで十分じゃないですか。僕は彼女を愛してます。心から愛しているんです」

息子の必死の言葉にも、母は首を横に振ってつぶやくだけだった。

「すっかり毒されてしまったのね」

「僕は彼女と一緒に留学したいんです。母さん、僕らを認めてください」

「まさか、あなたが女に騙《だま》されるなんて……息子を信じすぎた私がいけなかった」

ため息をついて母は部屋を出ていった。だが、ため息をつきたい気分なのはヒョヌも同じだった。どこまでも自分の意志を貫き通すつもりだったが、両親に悲しい思いをさせたくはない。どうすればうまくいくのだろう。

彼はバルコニーに出てみた。高台にある彼の家からは、ソウルの夜景と共に満天の星を望むことができる。素晴らしい景色を目にしていてもよい策は浮かばず、ヒョヌは携帯電話を取り出してジャヨンの家にかけた。

彼女が電話に出ると、ヒョヌは弾んだ声で言った。

「今、バルコニーから星を見てるんだ。見てごらんよ、きれいだから」

「星？　そう言えば、この頃全然見てないわ。うちは地下だから星は見えないの」

「そうか」ヒョヌは自分の鈍感さを恥じた。「君は何してた？」

「そろそろ寝ようとしてたところ。ねえ、星を見ようっていうのが電話の用件？」

「ううん。君の声が聞きたくて。会いたいよ」

受話器の向こうで彼女が微笑むのが感じられた。「私も」と言う声に混じる甘えた調子に、愛しさがつのる。

「僕は……君がとっても好きだ」

「ヒョヌさん、今日は変よ。何かあったの？」

「僕のこと、信じてるよな？」

「信じてるわ」

ヒョヌはその声で互いの愛情を確信することができた。辛抱強く親を説得していこうという決意があらたになる。

「それならいいんだ。おやすみ」

「おやすみなさい」


頭が爆発しそうなときは、ＰＣ房《バン》でゲームをするに限る。シニはずらりと並ぶパソコンの一台の前に座り、大学にも行かずに朝からずっと敵キャラと戦っていた。銃や剣で相手を殺すたびに気持ちがすかっとする。

目の前に新たな敵が出現したとき、携帯電話が鳴った。電話を取ろうとキーボードから指を離した途端、自分の操る戦士が殺されてしまった。ついつい不機嫌な声で電話に出ると、相手はヒョヌの母だった。

シニは慌ててよそ行きの声に変えると、インターネットやゲームに興じる学生たちの間を縫って店の外に出た。PC房の騒々しいBGMなどヒョヌの母に聞かせたくない。

一時間後、シニは呼び出されたレストランに座っていた。ステーキの皿はすでに下げられ、コーヒーに移っている。ヒョヌの母との話も弾んでいた。

「あなたがこんなにステーキ好きなら、もっと早く連れてくればよかったわ」

シニは大きな一枚をぺろりと平らげたのだ。

「お母さまと一緒だと楽しくて、つい食が進んじゃいました」

母親は笑ったが、その顔はどことなく浮かないように見える。ここへ来てから用件らしい用件はまだ聞いていない。シニは気になって仕方がなかったが、それをあえて聞き出そうとする愚挙は避けた。やがて、ヒョヌの母親が思い切ったように切り出した。

「実はね、ヒョヌが今付き合ってる子と一緒に留学したいなんて言い出してるの」

シニは驚きのあまり、手にしたコーヒーをわずかにテーブルにこぼしてしまった。

「あら、いやだ」慌てて紙ナプキンで拭《ふ》く。「ジャヨンと一緒に留学ですって?」

「まったく何を考えてるのやら。ヒョヌがそこまで言う彼女ってどんな子なの？」

「ヒョヌさんは人がいいから、ジャヨンのこと何もわかってないと思います」

「あなたを傷つけてしまうかもしれないけれど、同じ家に住んでるあなたに聞くのが一番だと思って、こうして来てもらったの」

「私には何も言えません。ヒョヌさんが知ったら……」

シニはわざと言葉を濁した。進んで告げ口をしているという印象は避けたい。

「ヒョヌに言いはしないわ」母親は慌てて言った。「私と主人が知りたいのよ。でないと何の措置も考えられないでしょ？」

シニは憂える顔を作って声をひそめた。

「うちの地下に住むような家庭の子なので、ヒョヌさんのことを手放さないんです」

「心配だわ。ヒョヌもこうと決めたら頑固だし」

「本当に二人で行ってしまったら、大変なことになりますよ」

「あの子は今まで親に逆らったことがないから、きっと最後には言うことを聞いてくれるとは思うけど……。道を外さないよう、あなたも目を離さないでいてくれないかしら」

静かにうなずくと、シニは思いを巡らせた。ヒョヌの母親を後ろ盾にできたことで、ジャヨンよりも有利に立てた気がする。どんな手を使っても多少のことなら目をつぶってもらえるはず。そう、何しろこちらにはお墨付きがあるのだから。

ヒョヌの母と別れてから、シニはずっと手立てを考え続けた。二人一緒に留学になど行かれてしまっては手遅れになる。その前に二人を引き離さなくてはならない。

自室に戻っても部屋の中を動物園のトラのように歩き回り、考え事に集中した。ふと、化粧台の上にある小箱に目が止まる。その瞬間、素晴らしいアイディアが浮かんだ。二人を別れさせるのに、これ以上ない適任者を思いついたのだ。

シニは小箱に飛びつくと、そこに放り込んでおいた名刺を引っ張り出した。


宵闇《よいやみ》のドライブインシアターはカップルで賑《にぎ》わっている。その中にジャヨンとヒョヌもいた。彼の愛車の中でポップコーンを頬張《ほおば》り、映画を楽しみ、そっと手を握り合う。

誰にも邪魔されない二人きりの時間。まるで世界にいるのが自分たちだけのような気がする。二人は穏やかな幸福感に包まれ、心安らかなときを味わっていた。

ちょうど同じ時刻、シニはビアレストランに一人ぽつんと座っていた。

やがて、スンジェがきょろきょろしながら現れた。シニを見つけて、微笑みを浮かべる。だが、シニが無視していると笑顔を消し、無言で彼女の前に座った。

すぐにやってきたウェイターにスンジェはビール三本と料理を数品注文した。

「どうして私に訊《き》かずに勝手に注文するの？」

ウェイターが立ち去ってからシニが冷たくそう言うと、スンジェは口元を歪《ゆが》めた。

「そっちこそ人を呼び出しといて、なぜ知らん顔をするんだ？　こっちは兄貴と飯を食うところだったのに」

「いちいちうるさいわね」

「用件は？」彼は事務的な口調で言った。「知らんぷりじゃや、わからないぜ」

「まずは喉をうるおしてからよ」

運ばれたビールの小瓶を手に取り、二人は乾杯もせずに一口飲む。シニは唐突に尋ねた。

「ジャヨンのどこが好きだったの？」

「なんでそんなことを訊く？」彼はとぼけるように言った。「俺は別に好きじゃなかった」

「ふん、よく言うわね。抱き寄せてキスしてたのは、どこの誰？」

スンジェは答えをはぐらかすようにビールを飲んだ。

「で、用件は何だ？　ジャヨンに関することか？」

「教えて。あなたが私につきまと……いえ、近づいた理由は何？」

「前に言っただろう。君が気に入ったんだ」

「私のこと、本当に好き？　だったら、私のお願いを聞いて」

スンジェが探るような目で見ながら「何をしてほしい？」と尋ねる。

「やってくれるって約束して」

「内容も聞かずにか？」

彼は頭の中で何ごとか検討するようにしばらくシニを見つめてから、うなずいた。

「わかった。約束しよう。俺にできることだったら」

「あなたならできるわ。ジャヨンをもう一度恋人にするのよ」

スンジェが怪訝《けげん》な顔をしたが、シニは構わず言葉を続けた。

「彼女を、あなたのものにするの」

そう言ってシニは冷酷な目つきでスンジェを見つめた。彼の驚きを楽しむように。

Truth

第七章　ジャヨンに近づくな

「あの男のためだな？」スンジェはすぐに彼女の意図を察した。「二人の女が愛している一人の男……」

「よく知ってるわね。でも、あなたには関係ないわ」

「ジャヨンをモノにしろ、か。……つまり、そいつとの仲を裂きたいんだな」

「そうよ。彼の前にジャヨンが二度と姿を現さないようにしてほしいの」

「君の魅力でやればいいじゃないか。それとも、今のところジャヨンが優勢か？」

痛いところを突かれ、シニはムっとして声を荒げる。

「やるの？　やらないの？」

「俺がまたジャヨンを好きになれると思うか？」

「無理でもそうして。だって、私の頼みよ。私を好きなんでしょ？」

「自分に気がある男にそういうことを頼むとは、ずいぶん酷な話だな」

「私に関心を持つのは自由だけど、あなたにお似合いの女は、私じゃなくてジャヨンよ」

嘲《あざけ》りを含んだシニの声に、スンジェの顔から笑みが消える。だが、シニは無視して続けた。

「ジャヨンを必ず恋人にして。どんな手段を使っても構わない。謝礼は十分にするわ」

「よし」スンジェは不敵な眼差しで身を乗り出した。「謝礼の代わりに条件がある。君のお父さんの会社に就職させてくれないか?」

彼女は息を呑《の》んだ。大きな企業だから一人雇うぐらい何でもない。しかし、事情をすべて隠して父親に頼むのは不可能に近い。このところ不興を買っているし、ましてやあの父だ。それでも彼女は条件を聞き入れることにした。どうにかなるだろう。

「それだけでいいのね?」

「ああ」彼の目は真剣だった。

「あくまでも、こっちの頼みがうまくいってからよ」

そう念を押すと、シニはテーブルに支度金の入った封筒を放り出し、一人で店を出た。

帰宅すると、家の門の前にヒョヌの白い車が停まっていた。見ると車体の横でジャヨンと彼が仲睦《むつ》まじく何やら語らっている。シニは塀に身を寄せ、唇を噛《か》んだ。

「それじゃもう行くよ」

「ええ、気をつけて」

そんな会話の後に車が去っていく音が聞こえると、彼女は無理に笑顔を作って歩き出した。

「遅いのね。今までヒョヌさんと一緒にいたの?」

そう声をかけると、驚いたように振り向いたジャヨンは小さく「うん」とうなずき、避けるように家に入っていった。

せいぜいデートを楽しみなさい。シニは門の中に消えたジャヨンにどす黒い怒りを向けた。幸せを味わえるのもあとわずか。ヒョヌさんはあんたを放り出して私に戻ってくる。

自分の張り巡らせた罠《わな》を思うと、自然に笑いがこみ上げてきた。


講義が終わり、ジャヨンは級友たちに混じって廊下に出た。最近ではいつも、時間を見計ってはヒョヌが迎えにきて、そのまま一緒に過ごす。以前は予定を前もって決めていたが、今は約束もしない。毎日会っているので、その必要がないのだ。一人にとってデートはもはや特別なものではなく日常の一部になりつつあった。

講義が早めに終わったから彼が来るまで廊下で待とう。ベンチに目をやったとき、一人の男が立ち上がった。その瞬間、彼女は大きく目を見開いた。スンジェだった。

「今日の授業は終わり?」

そう言って彼が近づいてくる。身なりには一分の隙《すき》もなく、見るからに高価でシックだ。

「どうして、ここに?」彼女は警戒心もあらわに訊《き》いた。

「君に会いに来たんだ。ちょっと話がしたくて。お茶でも飲もう」

ジャヨンはそれには答えず、無視して行こうとした。が、一瞬早く彼が腕を取る。

「何するの!」

「話したいんだ。時間は取らせないから。どうしても話したい」

彼女は周囲を見回した。じきにやって来るヒョヌにこんな現場を目撃されたくない。

他に選択の余地がなく、ジャヨンは先に立って歩き、建物の裏口から伸びるコンクリートの外階段に出た。ここなら人目はない。

「用件は何ですか?」

「用件か……。ずいぶん事務的な言い方だな。以前の君はもっと優しかった。いつも明るく微笑んで、俺に勇気をくれたっけ。この間、家の前にいる君を偶然見かけてから、昔のことがいろいろと思い出されてね」

よく言うわ……。ジャヨンは彼の歯の浮くようなセリフを苦々しく感じた。

「俺はそれまで気づかなかったけど、心の中から君は去っていなかったんだ。一緒に行った場所や二人で見た映画の一つ一つを思い出したら、無性に君に会いたくなった」

「何が言いたいの?」

「ジャヨン、もう一度やり直したい」

彼女はもう少しで笑い出しそうになった。そして皮肉たっぷりに言った。

「私は今も運転手の娘よ」

スンジェは唖然《あぜん》とした。すぐにごまかすような笑いを浮かべ、口を開きかけたが、ジャヨンはそれを封じるように続けた。

「あなたは議員の娘だと思って私に近づいた。野心のために利用しようとしたのよ。ところが運転手の娘だとわかって捨てた。それがあなたという人。違う？」

「それは誤解だ！　君の元を去ったのは、君に何もしてやれない自分が嫌になって……」

「大した言い訳ね。私に利用価値がなかったからだわ」

「そんなことはない。誤解を解くチャンスをくれ。一からやり直そう」

彼が頭を下げたが、ジャヨンはきっぱりと言った。

「私には好きな人がいるの」

「そいつとうまく行きそうなのか？」彼は驚きもせずに訊いた。

そのときジャヨンのポケベルが鳴った。伝言メッセージの着信を告げている。

「もう失礼します」

彼女が行こうとすると、スンジェが自分の携帯電話を差し出した。

「使えよ」

「結構です」

　すると彼は今度はジャヨンの肩をつかんだ。彼女はすぐさまその手を振り払った。

「私はこれ以上あなたに会いたくない。会う必要もないわ。突然大学に来るようなマネはやめてください。二度と私の前に現れないで」

　ジャヨンは彼を振り切って歩き出した。今から教室に戻ってもヒョヌはいないだろうと思い、そのまま図書館へ向かった。一刻も早くスンジェの元から遠ざかりたい。

　図書館の石段の手前で、そこにいるヒョヌが見えた。嬉《うれ》しさに足を速めたときだった。

「ジャヨン！」

　背後から呼びかけられ、思わず足を止める。振り向くとスンジェが追いかけてきていた。

「俺の話は終わってない」

　彼のしつこさにジャヨンはうんざりした。それにヒョヌに聞こえでもしたら……。

「ジャヨン！」

　今度は図書館の方角からだ。目をやるとヒョヌが手を振っている。ジャヨンはまるで助けを求めるように彼に駆け寄った。

　二人で図書館の入り口に向かいながら、ヒョヌが心配そうに尋ねた。

った。

「さっきの誰？」

ジャヨンは「別に」と軽くかわしたが、スンジェの顔を見られてしまったことが心に重く残った。

「さっき教室まで行ったんだ。そしたらもう空っぽで」

「ごめんなさい。今日は講義が早く終わったの」

「廊下で待っててくれればよかったのに」

「ちょっと他の所で友達と話をしてて……」

ゲートのスリットに学生証を挿《さ》し込んで図書館内に入る。ロビーを歩きながら後ろを窺《うかが》うと、学生証を持たないためゲートで足止めされているスンジェがじっとこちらを見つめていた。その目は異様な執拗《しつよう》さを感じさせ、ジャヨンは背筋が寒くなった。

話題のミュージカルを観劇し、人気のレストランで食事をする。その日、シニはヒョヌの母を精一杯もてなした。

彼女が自分に好意を持ってくれていることをシニは感じていた。会うごとに、まるで本当の娘に対するように接し、明言はしないが、ヒョヌの結婚相手にと考えていることを匂《にお》わせる。父親のほうも賛成らしい。これで、スンジェが任務を成功させたら、話は一気に進みそうだ。

ミュージカルの感想など他愛のない話をした後、食事が一段落したところでシニは言った。

「そうそう、うちの母がよろしくと申しておりました。このところずっとお会いできなくて残念がってます」

「そうね。いつか両家で席を設けたいとずっと思ってたの。お父さまはお忙しいかしら？」

「ええ、毎日何かと」

「それじゃ、お父さまのご都合をシニからお母さまに聞いてくれる？　家族みんなでお会いしたいもの」

シニの胸は期待で膨らんだ。親同士の顔合わせ。それは、ヒョヌとの結婚という夢に至る最初のステップだ。ただ一つの心配は当の本人、ヒョヌのこと。彼女は不安な面持ちで訊いた。

「ヒョヌさんは出席してくれるでしょうか？　この頃《ごろ》、電話もくれないんです」

「すぐに目を覚ますわよ」

「こんなこと、お知らせするべきではないかもしれませんが……」

言いにくそうに切り出すと、ヒョヌの母は何ごとかとフォークを持つ手を止めた。

「実は、ジャヨンが昔の恋人と一緒にいるのを見ました。ずっと会ってたのか、また会い始めたのかはわかりませんが」

「昔の恋人？」母親は眉《まゆ》をひそめた。

「ええ、浪人生の時に付き合ってた人なんです。警備会社に勤めていて、背が高くてハンサムな男性……」

「どうしてシニが知ってるの?」

「付き合ってる時は家の前まで送ってきては、抱き合ったり、キスしたり……」

ためらいを装って言うと、ヒョヌの母は呆《あき》れた顔で「まあ、なんてこと」とつぶやいた。

「ジャヨンの心はまだ彼にあるみたいです。でも、ヒョヌさんのほうが条件がいいから……」

ヒョヌの母は深刻な表情でテーブルを見つめた。早く別れさせないと、と考えているに違いない。いずれやってくる二人の破局を思い、シニは興奮を抑え切れなかった。


「もう別れたの?」

帰宅したヒョヌを待っていた母の第一声がこれだった。彼は上着を着たままソファに座り、「母さん……」と口を開いたが、母は反論の余地を与えようとしない。

「あなたの付き合ってる人、昔の恋人とも会ってるそうよ」

「誰からそんな話を聞いたんですか? どうせシニでしょ? あいつときたら」

「どうしてシニを色眼鏡で見るの? あの子はあなたを本当に心配してるのよ」

「母さんこそ、ジャヨンを色眼鏡で見てます」

「その子はあなたを愛してなんかいない。利用したいだけなのよ」

「構わない。利用されたってていい！」

息子の語気に圧倒され、母は言葉を失った。

「僕は、それくらい彼女を愛してます。お願いだから彼女を中傷するのはやめてください。シニが何を言っても、信じないで。ジャヨンは絶対にそんな女性じゃありませんから」

息子が初めて見せる反発に唖然とする母親をその場に残し、ヒョヌは苦い顔で自室に戻った。ドアを閉めると、すぐさま携帯電話を取り出した。


髪をブラッシングしていてもついつい鼻歌が出てしまう。シニは事の次第を母親に伝え、今週中は平日夜の父の予定が空いていることを確認した。母によれば、父もヒョヌのことを気に入っているらしい。これで両家の親たちが私の味方についたも同然だ。彼女は鏡に映る自分ににっこりと微笑んだ。あんた、よくやったわ……。

そのとき電話が鳴った。取った受話器からヒョヌの声が流れる。思わず微笑んだ矢先、彼の言葉にシニの表情は凍りついた。

「ジャヨンが他の男と会ってるなんて母さんに吹き込んだろ？　母さんにまで誤解させるような言動は慎めよ」

「聞かれたから答えただけよ」つい歯切れが悪くなる。「事実ですもん」

「今まで僕は君を妹のように大切に思ってきた。けど、もうやめた」

「だって、あの子がヒョヌさんを騙《だま》して他の男と会ってるのを黙って見過ごすわけにいかないわ」

「見過ごせよ。すべて僕が決めることだ。干渉しないでくれ」

「そんなの変よ」

「君の無神経な一言が、どれほどジャヨンを傷つけてるかわかってるのか？」

傷つけてる？　ヒョヌの優しさが今や完全にジャヨンに向いていることを思い知らされ、シニの目に涙がにじんだ。

「私が傷つくことなんか、一度も考えてくれたことないでしょう？」

「とにかく、今後は告げ口はやめてくれ。今度やったら、もう一度と君とは会わないから」

電話は一方的に切れた。シニは手の中の子機をじっと眺めていた。悲しんでいる場合ではない。何とかしないと。

翌朝、家族全員が集まっているリビングで母親がヒョヌの母親に電話をかけ、イ家とチョン家の食事会は明日と決まった。急な展開に議員は少し難色を示したが、妻は押し切った。

シニは満面に喜色を浮かべて自室に戻った。すべて順調に進んでいる。ふいに彼女の頭にアイディアが浮かんだ。両家が一堂に会しているレストランに、昔の恋人を連れたジャヨンが現れたら？　これは食事会のこの上ないお楽しみになりそうだ。彼女は電話に手を伸ばし、スンジェの携帯電話を呼び出した。


「明日の午後六時、クイーンホテル十階のレストラン〈イルフォンド〉にジャヨンを連れてきて。講義は五時に終わるわ」

「わかった。必ず連れていく」

スンジェは電話を切った。シニが何を企んでいるのか知らないが、きっと面白い見世物が見られるのだろう。それが功を奏したとき、就職の望みもかなうのだ。

そのとき、ドアが開いて兄のヨンソクが入ってきた。今はレストランで仕事中のはずなのに。そう思っていると、兄はよろよろと座り込んだ。腹を押さえ、顔を歪《ゆが》めている。

「兄貴、どうした？　どこか痛むのか？」

「腹が……下っ腹が突っ張るように痛むんだ」

「それで仕事を早退したのか？　薬は飲んだ？」

「下の薬屋は閉まってた。どこかで薬を買ってきてくれ」

スンジェはうなずいて家を出た。薬局へ行きがてら電話をするつもりだった。

喫茶店の壁にケニー・Gのポスターが貼ってある。それを目に留めたヒョヌが言った。

「明日は家庭教師のバイトは休みだろ？　ケニー・Gのコンサートに行こうか？」

彼の視線を追ってジャヨンもポスターを見やる。穏やかそうな金髪のアメリカ人がサックスを膝《ひざ》に抱えて座り、微笑んでいる。

「うん、行ってみたい」

「よし、決まりだ」

そのときジャヨンのポケベルが鳴った。液晶に表示された番号には覚えがない。ジャヨンが首を傾げていると、ヒョヌが「誰から？」と尋ねた。

「わからない。誰だろう……」

ヒョヌがすかさず携帯電話を出した。ジャヨンが表示された番号にかけてみると、「はい」と男の声が出た。

「もしもし。あの、どなたですか？」

「俺の携帯番号忘れたの？　寂しいなあ。スンジェだよ」

途端に彼女の体を冷たいものが走る。

「私のポケベル番号、どうしてわかったの？」

「君の番号を忘れるはずないじゃないか」

「あの頃《ころ》と違う番号よ」受話器の向こうで息を呑むのが伝わる。「この前言ったはずです。そちらには会いたくないの。二度と連絡しないで」

電話を切ると、ヒョヌが物問いたげな表情で覗《のぞ》き込んできた。ジャヨンは「何でもないの」と言ったが、その声にはまったく説得力がない。

「今の電話の相手、誰なんだ？」

彼女はため息をついた。こうなれば観念して話すしかない。

「以前付き合ってた人がいてね……」

「ああ、浪人の時の？」

彼女は心底驚いた。「どうして知ってるの？」

「どうしてって……それは今は重要じゃないよ。それより、昔の彼がどうして電話を？」

ジャヨンは洗いざらい話した。スンジェがなぜか急に身辺をうろつき始め、ヒョヌの存在を伝えていくら断ってもしつこく会いたがる、と。

「僕が直接会って、二度と連絡するなと言ってやろうか？」

「やめて」彼女は強くかぶりを振った。「彼ももう諦《あきら》めると思う。気にしないで」

「君のことが心配なんだ」

ジャヨンは俯《うつむ》いてコーヒーに手を伸ばした。

「ごめんね。もう大丈夫」


翌日、イ議員の議員事務所では、市長選に向けての本格的なミーティングが開かれた。議員を中心に、チェ補佐官、ムン秘書官をはじめ選挙参謀と専任スタッフの六人がテーブルを囲んでいる。

「現在のところ、平和党のパク・キヤン議員、連合のイ・ドンジン議員、無所属のチェ・ハンシク議員、この三名が立候補を予定しています」

補佐官の報告にイ議員はうなずいた。「で、彼らの公約はどうなってる?」

「主に経済問題に関することです。ですから、われわれの陣営は雇用問題など市民生活に根差した具体的な公約を示すべきだと思います」

「私も同じ考えだ」議員は秘書官に目を向けた。「南大門市場の視察訪問の件は?」

「はい、来週の月曜です」秘書官が歯切れよく答える。

「記者たちに連絡して、当日はきっちり取材させるんだ」

秘書官がうなずいてメモし、補佐官が資料から目を上げる。

「出馬表明は、今月末が期限です」

「わかった。そちらの準備はチェ補佐官が担当してくれ」

さらに細かい打ち合わせが続き、議員とスタッフたちは作戦を練り、戦略を詰めていった。議員の頭は選挙のことでいっぱいで、妻から秘書に電話が入ってようやく六時からの食事会の約束を思い出した。


シニは講義を受けていても、心はすでに夕方の食事会に飛んでいた。やるべきことはすべてやった。あとは六時に舞台の幕が開くのを待つだけ。

作戦の成功はスンジェがジャヨンを連れ出せるかどうかにかかっているが、彼は多分うまくやるだろう。野心家の男は、目の前のエサのためならきっちり仕事を成し遂げるはずだ。

シニはその瞬間が待ち切れず、最後の講義をサボって帰宅しようと考えた。食事会には完璧《かんぺき》な服装とメイクで臨む必要がある。貧しくて男にだらしないジャヨンとの違いをアピールするのだ。その準備にはいくら時間をかけてもかけすぎるということはない。

廊下を足早に歩いていくと、数名の学生が壁のポスターの前にたむろしている。何気なく見るとポスターには大きくこう書かれていた。

〈大学の顔を募集します！〉

学生の中から外見も内面も優れた男女一人ずつを選んで、ヨンシン大学の学生代表にするらしい。イメージアップ活動のために広くメディアに露出するという。

これだわ！　即座にシニは思った。美貌《びぼう》にも人前に出ることにも自信がある。引っ込み思案のジャヨンには絶対に真似のできないことだ。大学の顔になれば、ヒョヌの見方も変わるだろう。それに、父親の見る日も……。

だが、ポスターに〈本学在学中の一～三年生で成績が平均三・〇以上の者〉とあるのに気づくと彼女は落胆した。三・〇には到底及びもしない。立ち去ろうとして背を向けたとき、ふとあることを思いついた。いや、それは何とかなる。彼女はもう一度ポスターを見た。何だか風向きが変わってきたようだ。シニは湧《わ》き上がる昂揚《こうよう》感で足取りも軽くキャンパスをあとにした。


ジャヨンはその日最後の講義に向かおうとして、ヒョヌに振り向いた。

「五時に講義が終わるから、ロビーで待ち合わせする？」

「そうだな……六時半にコンサート会場の前で会おうよ。ちょっと用事があるんだ」

「用事？　一緒に行けないの？」彼女はまたスンジェが現れるのではないかと気がかりだった。

「いや……チケットが売り切れるといけないからね。先に行って買っておこうと思って」

「そう」

ジャヨンはうなずいた。ヒョヌの言葉に引っかかるものを感じたが、何といっても二人でコンサートを楽しめるのだ。素晴らしい音楽を聴いて、感動を分かち合うさまを思い浮かべ、彼女は余計なことを考えるのをやめた。

四時。講義が終わるまでに大学に着くよう出かけるにはちょうどよい時間だ。

スンジェは部屋の小さな鏡で身なりを点検した。シニに渡された金で買った高価な服が似合っている。やはり自分にはこんな服装をする世界が相応しいのだ。彼はニヤリと笑うと「出かけてくるよ」と、昨日から布団で寝ている兄に声をかけた。

途端に兄がうめき声を上げ始めた。スンジェは覗き込んで驚いた。兄の顔にはびっしりと脂《あぶら》汗が浮かんでいるではないか。

「兄貴、痛むのか？」

兄は苦しげに顔をしかめるだけだ。スンジェはすぐに救急車を呼ぶことにした。

三十分後、病院のベッドに寝かされた兄は医師の診察を受けた。医師が手指の先で下腹をゆっくりと押すと、兄は「ああっ」と悲鳴を上げた。

「急性盲腸炎ですね」医師は看護婦に向いた。「すぐに手術の準備をして」

「手術ですって？」ベッドの横でスンジェが驚きの声を上げる。

「受付で入院手続きをしてください」

医師に言われた彼は部屋の壁掛け時計を見上げた。すでに四時半になっている。あと二十分でジャヨンは教室を出てしまう。早くここを出ないと。そのとき兄がうめいた。

「……スンジェ、助けてくれ」

苦痛に歪んだ兄の顔を見ると、放っておくわけにはいかなかった。

受付に行って手早く書類に書き込み、保証人欄にサインする。財布を開けるとシニの用意した金があった。入院費はここから出すしかない。

スンジェは「よろしくお願いします」と金を差し出すと、呼び止める事務員の声を振り切って病院を飛び出した。腕時計を見ると四時四十分。時間がない。タクシーがなかなかつかまらなかったせいで、彼がキャンパスに到着したのは五時数分前になっていた。

シニから聞いておいた建物に走り込む。階段を駆け上がって教室に着くと、すでに中は空で数名の学生がお喋《しゃべ》りをしているだけだった。ジャヨンの姿は見当たらない。

遅かった！　彼はきびすを返すと図書館へ向かった。ゲートに差し掛かると幸い係員がいない。彼は遮断バーをひらりと飛び越えた。二階に上がると、おびただしい数の書架によって室内はまるで迷路のようになっている。すべての通路を短時間で捜索しなければならない。彼は慌ただしく走り出した。

講義が終わって教室から出ると、そこにスンジェの姿はなかった。どうやら杞憂《きゆう》だったらしい。ジャヨンは安堵《あんど》して図書館に向かった。書架を探し回った末にようやく目当ての本を見つけて手を伸ばしたとき、書架の向こう側を走る靴音が聞こえた。図書館で走るなんて……。そう思いながらカウンターへ行って貸し出し手続きをする。階段を降り始めたとき、上から「走らないでください」と注意する司書の声が聞こえてきた。

図書館を出てしばらく行ったところで彼女のポケベルが鳴った。

液晶に表示されたのは昨日見たばかりの番号。スンジェだ。

ジャヨンはすぐさまポケベルの電源を切った。それだけでは不安で、裏蓋《ぶた》をあけて乾電池を取り出した。これでしばらくは悩まされることはないだろう。

腕時計を見ると五時二十分。そろそろ会場へ向かわないと。日が傾き、空気が少し冷えてきたのを感じながら、ジャヨンは急ぎ足でキャンパスを出た。

プレイガイドでチケットは無事に入手できた。ヒョヌはほっとして腕時計を見た。五時二十分。ゆっくり用事を済ませられそうだ。

彼が向かったのはデパートだった。女性用ファッションフロアに直行し、マフラーを探す。昼間、キャンパスでジャヨンが寒そうにしていたので、プレゼントしようと思いついたのだ。

そのとき携帯電話が鳴った。ジャヨンからだと思い、明るい声で電話に出る。予想に反して「ヒョヌ、今どこ？」と母の声が聞こえた。

「デパートに来てます」

「クイーンホテルの十階にある〈イルフォンド〉に六時までに来てちょうだい」

ヒョヌは顔色を変えた。六時にはジャヨンと待ち合わせているのに。

「どうしてですか？」

「来ればわかるわ。大事な用だから、遅れないでね」

電話が一方的に切られ、ヒョヌは腕時計を見た。五時半。車を飛ばせば、六時を少しまわったくらいにはコンサート会場に戻れるだろう。

レストランに急行してみると、奥のテーブルから母親が手を振るのが見えた。

「ここよ。座って」

そちらに近づいて、ヒョヌは驚いた。母の隣に父親が同席し、同じテーブルになんとシニが座っている。彼女は微笑みを浮かべて会釈してきた。

「一体何の用ですか？」硬い声でヒョヌが訊く。

「シニのご両親もいらっしゃるのよ」

「そんな話は聞いてません」

父が「お前に話すのをうっかり忘れたそうだ」と言ったが、ヒョヌはすぐに嘘《うそ》だと見抜いた。前もって知らせると息子が来ないとわかった上でのやり方だ。

「約束があるんです」途端にシニの目が光ったが、ヒョヌは無視した。「あちらのご両親が揃《そろ》う前に失礼します」

「待ちなさい」母が近づいて声をひそめた。「この席はお父さんにとってとても大事なの」グループの将来に関わることを仄《ほの》めかされ、ヒョヌの気勢がそがれたとき、母は入り口に向かって会釈した。見ると、イ議員夫妻が到着したところだった。議員は笑顔でテーブルに近づき、ヒョヌの父と握手した。

立ち去るきっかけを失ってしまったヒョヌは、テーブルから少し離れて携帯電話を取り出し、ジャヨンのポケベルに小声でメッセージを入れた。

「ジャヨン、悪いけど急用ができて三十分、いや一時間くらい遅れそうだ。寒いからホールの前にある〈チェロ〉というカフェで待ってて。必ず迎えに行くから」

開演の七時までに抜け出せるようにと、ヒョヌは祈るような気持ちでテーブルに着いた。

食事会は母親同士の他愛ない談笑で始まり、ワインが来てからは父親同士の話が中心となって、和やかに進行していた。ヒョヌはただ黙って料理を口に運び、焦れるようにこっそりと腕時計を見るしかない。ふと気づくと、シニも時計を気にしていた。まるで何かを待つように。

やがて、彼女はトイレへ立ったが、その手には携帯電話がしっかり握られていた。

すでに暗くなっているキャンパスを駆けずり回りながらスンジュは額を拭《ぬぐ》った。冷え込んできているにもかかわらず汗が噴き出ている。

ジャヨンはどこにも見つからない。すでに六時を十五分も回っている。彼女のポケベルに電話しても、メッセージを残しても電話はかかってこない。

彼は再び携帯電話を取り出した。ポケベルの番号にリダイヤルする。

『この番号は現在サービスを中止しております』

スンジュは怪訝《けげん》な顔で電話を切った。再度かけてみたが、同じメッセージが流れる。急にサービス中止とはどういうことだろう。

不意に着信音が鳴った。すぐさま電話に出る。

「今どこ？　なんで来ないの？」

シニだった。彼は唇を噛むと、いまいましそうに声を絞り出した。

「ジャヨンに会えなかった。今も探してる」

「何ですって？　会えなかった？」たちまち電話の向こうで癇癪《かんしゃく》玉が破裂する。「約束は六時でしょ？　それなのにまだ探してるだなんて！　あなた就職したくないの!?」

「そう怒るなよ。授業が早く終わったらしいんだ」

「キャンパスの隅々まで探して！　あの子、ヒョヌさんと何か約束してるはずだから、どこかで連絡を待ってるはずよ。十分以内に探し出してここに連れてきて！」

電話を切ったスンジェはまた走り出した。


約束の六時に十分ほど遅れてジャヨンは会場前に到着した。携帯電話ショップに寄っていて遅れたのだ。だが、待ち合わせ場所にヒョヌの姿はなかった。

ジャヨンはポケットから小さな紙片を取り出して開いた。さきほど契約した新しいポケベル番号が書いてある。これでスンジェからの不快な連絡はもう来ない。

それから二十分間、大勢の客が彼女の横を通りすぎて会場に入っていったが、彼は一向に現れない。冷たい風がマフラーもしていない首と頬《ほほ》に吹きつける。寒かったが、会場でヒョヌとともにコンサートを楽しめばすぐに体は暖かくなるだろう。用事というのが少し長引いているのかもしれない。彼のことだ、もうじき「ごめん」と息を切らせて現れるに違いない。そう思うことにして、彼女は流れてくる人の波に視線をさまよわせ、ヒョヌの姿を探し始めた。


「市長選出馬のお噂《うわさ》がありますが？」ヒョヌの父が尋ねた。

「そのようですね。まあ、考慮中と申しますか……」議員が鷹揚《おうよう》に答える。「事業のほうはいかがですか？　皆さん厳しいと聞きますが」

「ええ、まあ。いずれにせよ、議員の後ろ盾が必要になるかもしれませんが、その節は……」

「できる事は何でもお手伝いしますよ」

話が佳境に入ったとき、携帯電話の着信音が鳴った。大人たちの冷たい視線が一斉にシニに注がれる。彼女は慌てて電話に出ると「あとでかける」と切ってしまった。母親に「皆さんの前で失礼よ」とたしなめられ、シニはばつが悪そうに頭を下げた。

それを見たヒョヌの母親が、息子に目配せした。意味を理解したヒョヌはすぐそばのコートラックに掛けてあるバッグから自分の携帯電話を取り出すと、マナーモードに切り替えた。


七時になった。開演時刻になってもヒョヌは現れない。彼が時間に遅れるのは珍しい。何かあったのだろうか。心配になったジャヨンは会場横手にある電話ボックスに向かおうとしたが、すぐに足を止めた。電話をしている間にヒョヌが来たら行き違いになってしまう。彼女はコートの襟を合わせ、すでに誰もいなくなった会場前の広場を茫然《ぼうぜん》と見つめた。

大学に程近い繁華街をあてもなく歩きながら、スンジェはジャヨンの家に電話を入れた。さきほどから何回か連絡を入れていたが、まだ帰らないという返事が返ってくるばかりだ。

今度も同じだった。くそっ！　一体どこへ行ったんだ。


ジャヨンは腕時計を眺めた。七時半……。とっくにコンサートが始まってしまったというのにヒョヌはまだ現れない。ジャヨンは電話ボックスまで歩き、彼の携帯番号をプッシュした。だが、『ただいま電話に出ることができません』と録音メッセージが流れるだけ。電源をオフにしているのか、出られないのか、どちらにしても彼とは連絡が取れない。大きく吐息をつくと、彼女は寒い夜気の中をまた会場に向かった。


メインディッシュがさげられ、両親たちがデザートを何にするかをあれこれ話し始めたとき、不意にヒョヌが立ち上がった。

「それでは、お先に失礼します。実は先約があったものですから」

唖然とする両親を尻目にヒョヌはラックからバッグとコートを取り、やや不快そうな顔をしたシニの両親に深く一礼した。

「申し訳ありません。失礼します」

出て行くヒョヌの後ろ姿を見て、シニは思わず涙ぐんでしまった。彼が行ってしまうことより、計画が台無しになったことが悔しくて仕方がない。大人たちがすっかり白けてしまった座を取り繕おうと慌てる中、彼女はヒョヌのいない席をじっと見つめていた。

会場前の大きな石段を下ったジャヨンは、建物の横に小さな出入り口を見つけた。そこは石積みの壁からへこんでおり、寒風をよけるのにちょうどよさそうだ。

彼女はそこへ座り込んだ。風は遮られたが、寒さはいかんともしがたい。両腕で自分の体を抱きしめるようにして丸くなる。まるで宇宙の闇《やみ》にたった一人で放り出されたかのような孤独を感じてしまう。寂しくて、悲しくて、体の震えとともに涙がにじんできた。

ひどい裏切りだと感じた。連絡も取れず、居場所もわからないなんて……。

時間は無為に過ぎていく。時刻を確かめるたびに嘲笑《あざわら》われるような気がして、腕時計を見る気にもならない。胸いっぱいに惨めさが広がり、彼女はじっと足元を見つめ続けた。

「ジャヨン！」

突然聞こえた声に顔を上げると、息を切らせたヒョヌが立っていた。

「遅れてごめん。ずっとここにいたのか？」

ジャヨンはよろよろと立ち上がった。

「ひどいわ。携帯も通じないし、心配だったんだから」

そう言いながらも、ようやく会えた安堵感で涙がこぼれる。

「マナーモードにしてたんだ」

彼は自分のマフラーを取って彼女の首に巻いた。

「さあ、中に入って話そう。寒かっただろう」彼はジャヨンの肩に手を置いた。「コンサートがダメになっちゃったね、ごめん」

彼女は拗《す》ねて立ちつくしていたが、ヒョヌに引っ張られるようにカフェ〈チェロ〉に入った。

「まず飲んで、体を温めて」ヒョヌは湯気の立つコーヒーを押し出した。「寒いからここで待つように伝言を残したのに。それにさっきポケベルを鳴らしたら、サービス中止だって」

「番号変えたの」彼女は番号を書いたメモを渡した。

「どうして？　彼からまだ連絡が？」

彼女はうなずいた。ヒョヌはしばらく考えている様子だったが、不意に言った。

「いったん家まで送るから、待っててくれる？　急用を思い出した」


「あとで必ず電話するから」

そう言ったきり何の説明もせず、不満顔のジャヨンを無理やり家に入らせると、ヒョヌは運転席で携帯電話を取り出した。送信履歴を表示させる。昨日喫茶店でジャヨンに携帯電話を貸したのが幸いした。彼は履歴から一つの番号を選び出して電話をかけた。

三十分後、指定したビアレストランで待っていると、目当ての男がやって来た。店内を見回した彼はすぐにヒョヌに気づき、テーブルに近づいてくる。

「パク・スンジェだ」

差し出された右手を、ヒョヌは立ち上がって握った。

「チョン・ヒョヌです」

「まあ、座ろう。俺も会いたいと思ってたところだ」

ジョッキが二つ運ばれてくると、スンジェはぐいっと一口飲んでヒョヌを見た。

「で、話っていうのは？」

「あなたとの関係は終わったはずです。どうしてジャヨンを困らせるんですか？」

「困らせるだって？　そうか、君にはそう言ってるんだ。まあ、君ほどの条件なら彼女も手放さないだろうな」

「どういう意味ですか？」

「彼女が誘惑するのも無理はないよ。君は財閥の息子だもんな。金はあるし、ハンサムだし、惹《ひ》かれないほうがおかしい」

ヒョヌは呆れ、ため息まじりに言った。

「彼女のことを全然わかってないな」

「彼女のことなら俺のほうがよく知ってる。俺たちがどんな関係だか知ってるか？」

「知る必要もない」ヒョヌはそこで一拍置いた。「もうジャヨンに連絡しないでほしい」

スンジェは薄ら笑いを浮かべた。

「連絡するな？　彼女が連絡を取りたがってるのに、俺に連絡するなだと？　お前にそんなことを言う権利はない」

「僕は彼女を愛している。卒業したら一緒に留学もする」

「なるほど。留学をエサにつなぎ止めてるってわけか。金という確かな手段で気持ちをつかんでる気だろうが、彼女の心の中にお前はいないぜ。今も俺を忘れられないんだ。彼女が惹かれてるのは、お前のその恵まれた条件さ」

「たとえそうでも構わない。僕はジャヨンを愛してるんだ」

スンジェが「これはこれは」と鼻で笑う。それを見てヒョヌは立ち上がった。

「話は終わりだ。もう一度言うが、もう彼女に連絡するな」

「なぜ俺がお前の頼みを聞かなきゃいけないんだ？」

「話が通じてないな。僕は頼んでるわけじゃない」

「じゃあ、何だっていうんだ。警告のつもりか？」

二人は無言で睨み合った。ヒョヌの胸中に相手に対する嫌悪感が広がっていく。

「二度と顔を見たくない」

吐き捨てるように言うと、彼は勘定書きを手に歩き出した。


部屋で受話器を握り締めながら、シニはスンジェの話に驚きを隠せなかった。ヒョヌがスンジェを呼び出すとは。当初の計画とはどんどん違う方向へ事が動き出し、今後どうなるか予想もできない。だが、彼の報告を聞くうちに不安は苛立《いらだ》ちへと変わった。

「ヒョヌさんに連絡するなと言われて、あんた、そのまま引き下がったの？」

「挑発に乗って殴れとでも言うのか？」

悪びれもしない彼の言葉にシニは頭にきた。

「今日も約束は守れない。ヒョヌさんから先に連絡される。おまけに何も手を打てないなんて」

「あんた、相当焦ってるんだな」

「そうよ。だからあんたに頼んだんでしょ？　そんな始末じゃ仕事も紹介してやらないわよ。いい？　どんな手を使ってでも二人を別れさせるのよ」

「ああ、考えてみる」

「考えなくていいわ！　明日からはストーカーみたいにくっついて、どんな機会でも利用するのよ。就職したけりゃね」

シニが怒りのあまりにふて寝した頃、ジャヨンは家を出て近所の公園へ向かっていた。部屋で待ちくたびれていた時、今から会いたいとヒョヌが電話をかけてきたのだ。

ヒョヌはブランコのところにいた。ジャヨンの姿を見た途端、満面の笑みを見せる。

「結構、意地悪だな。三十分以上もここで震えてたよ。本気で怒ってるだろ？」

「誰が怒らせたの？　二時間も待たせた上に一人で食事してきたかと思うと、今度は家に帰れだなんて」

「大事な用があったんだよ」

二人は並んでブランコに腰掛けた。

「今、パク・スンジェという人に会ってきた」

「え？」ジャヨンは息が止まりそうなほど驚いた。

「君はポケベルを解約するほど困ってるし、僕に気兼ねしてるから、早く片付けたかったんだ。これ以上ジャヨンに迷惑をかけるなって言っておいたからね」

一呼吸おいてヒョヌは続けた。

「僕があいつに会いに行くって言ったら、君は心配すると思って黙ってたんだ」

知らなかった……。彼女の中でヒョヌの優しさ、強さ、温かさに対する熱い感情が見る見る湧き上がる。彼の大きな愛情に気づけない自分が本当に情けなく思えた。

「でも……言ってほしかった」彼女は小さくつぶやいた。

「彼にはきちんと話したから、もう大丈夫だよ」

ヒョヌは明るく微笑みかけると、隠し持っていた紙袋を差し出した。

「これ、プレゼント。開けてみて」

開けてみると、中からファー付きの手袋とカシミヤのマフラーが出てきた。ヒョヌはジャヨンの前に屈み込み、マフラーを彼女の首に巻きつけた。

「昼間見たときに首周《まわ》りが寒そうだったから。ほら、こうして暖かくしなきゃ」

「バカみたい、私一人拗ねて……。ごめんね。それと……ありがとう」

「いいんだよ」彼は彼女の瞳《ひとみ》をじっと見つめた。「僕の気持ち。すべて受け止めてほしい」

ヒョヌはジャヨンの顔を両手でそっと包み込んだ。ジャヨンはマフラーと彼の手の温もりで寒さを忘れた。彼の澄んだ瞳がだんだんと近づいてくるのを見て、彼女は静かに目を閉じた。

彼の唇が自分の唇に触れる。初めてのキス。その瞬間、全身が幸福感に包まれた。ヒョヌの存在を強く感じる。愛している。この人を心の底から愛している。

翌日、講義を終えたジャヨンが建物から出ると、いきなり声をかけられた。

「ポケベルを解約したのは、俺のせいか?」

彼女の足が止まった。スンジェだ。性懲りもなくまた現れるとは。

「今度は何の用?」

「顔が見たくて来た」

彼は下卑た笑いを見せて近づいてくる。彼女が取り合わないで行こうとすると、彼に腕を取られた。思わずジャヨンが悲鳴を上げたとき、走ってくる足音と共に鋭い声が響いた。

「その手を放せ!」

ヒョヌだった。彼が助けに駆けつけてくれたのだ。スンジェはしぶしぶ手を放した。ヒョヌはスンジェの前に立ちふさがり、険しい顔で睨みつける。

「警告したはずだ。彼女はお前が嫌いなんだ。これ以上、彼女を苦しめるんじゃない」

「彼女の気持ちは俺にあるんだぜ」スンジェは嘲笑った。「なあ、俺が捨てた女と付き合う気分はどうだ?」

ヒョヌが顔を紅潮させ、いきなりスンジェの胸ぐらをつかんだ。ジャヨンが「やめて!」と叫ぶ。それを聞きつけた学生たちが集まり始めた。

「今度、彼女を侮辱したら許さないぞ」

そう言ってスンジェを突き飛ばし、ヒョヌはジャヨンを連れて歩き出した。

「その女はお前の金を愛してるのさ。お前、自分が愛されてるなんて勘違いするなよ」

途端にヒョヌは立ち止まり、スンジェに襲いかかった。ジャヨンが止めようとしたが一瞬遅く、彼の右パンチがスンジェの鼻めがけて放たれた。

鈍い音がキャンパスに響く。スンジェは地面に倒れ、やがてよろよろと起き上がったその顔は、鼻血で染まっていた。

「二度と彼女の前に現れるな！」

ヒョヌはそう言うとジャヨンの手を引いて足早に歩き出した。彼女はなすすべもなく、ただ彼について行った。

T r u t h

第八章　別れてほしい

ヒョヌが帰宅してみると、リビングの空気が妙に重苦しく感じられた。

「ただいま帰りました」

いつもなら笑顔で出迎えてくれる母も新聞を読んでいる父も、固い表情で顔を上げる。

「ここにお座りなさい」

母の声に従ってソファに座ると、父が険しい声で尋ねた。

「お前は一体外で何をしてるんだ？」

「警察から電話があったの」母はおろおろと言った。「パク・スンジェという人があなたを暴行で告訴したから、明日出頭するようにって。どういうことなの？」

ヒョヌは愕然《がくぜん》とした。父親が大きなため息をつく。

「女性を巡って喧嘩《けんか》だなんて、お前は何を考えてる？」

「ねえ、例の人なんでしょ？　だから別れなさいって……」

「何だ、お前は相手を知っていたのか?」父が驚いた顔で母を見る。

「いえ……あなたにお教えする価値もない相手です」

「母さん!」ヒョヌは思わず抗議の声を上げた。

「こんな目に遭わされてもまだその子に会うのなら、親子の縁を切りますよ」

ヒョヌはその場は一応頭を下げ、自室に下がった。困ったことになった。彼の心配は自分の身の上よりも、周囲からのジャヨンへの風当たりだった。彼は彼女の家に電話をかけた。

「私のせいで本当にごめんなさい」

電話の向こうのジャヨンは第一声で謝った。先ほどの一件をずっと気にしているのだ。

「またそれだ。君が悪いんじゃない、気にしないで。でも、イ・ジャヨンを守るって結構大変だな」

冗談ぽく言うとジャヨンも少し笑った。彼は声が普段と変わらないよう努める。

「そうそう、明日急用ができたんだ。父さんから仕事を頼まれて出かけなきゃならなくなった。いつ大学へ顔を出せるかわからないから、僕を待たずに帰って」

「うん、わかった。それじゃ、お仕事が終わったら電話してくれる?」

「そうする。じゃあ、おやすみ」

「おやすみなさい」

ジャヨンの明るい声を聞いて、ヒョヌの憂鬱《ゆううつ》も少しは軽くなった。

夕食後のコーヒーを飲みながらシニが母親に「大学の顔」に応募したことを話していると、二階からジョンヒが子機を持って駆け下りてきた。

「お姉ちゃん、電話よ」

シニが電話に出ると、スンジェからだった。彼女は声をひそめて「ちょっと待って」と言うなり、怪訝《けげん》そうな母と妹をその場に残して自室に駆け上がった。

事態の進展を期待したシニだったが、ヒョヌの暴行と告訴についてスンジェから聞かされるや、すっかり気が動転してしまった。

「告訴ってどういうこと!?　告訴するとどうなっちゃうの!?」

「チョン・ヒョヌは留置所に入ることになる」

「待って。ヒョヌさんをそんな目に遭わせるなんて。私はそこまで頼んでないわ!」

思わず大声を出した彼女を制するように、スンジェは受話器の向こうでゆっくりと計画を説明した。それを聞くうちにシニの興奮もおさまってきた。やがて口元に冷たい微笑みが浮かぶ。

「なるほどね。上出来だわ」

彼女は電話を切り、期待に満ちた顔でベッドに横たわった。

翌朝、シニは警察署へ行った。通されたフロアには雑然とデスクが並び、警官たちが忙しく立ち働いていた。壁の一角に太い鉄格子で仕切られた板張り床の小部屋が見える。

近づいてみると、壁にもたれて元気なく座るヒョヌの姿があった。シニに気づいた彼は驚いた顔で腰を上げ、鉄格子に近づいてきた。

「どうしてここがわかった？」

「お母さまに電話で聞いたの」

「一体何しに来た？」彼の反応は冷たい。「僕は大丈夫だから、早く帰ってくれ」

「私が言った通りでしょ？　ジャヨンが昔の恋人と……。その男が示談にしないと、ヒョヌさんは拘束されちゃうのよ。わからない？」

「いいから帰ってくれ。それと彼女に僕の居場所を漏らすんじゃない。いいな？」

「彼女の心配なんかしてる場合？　私はあなたが心配でこうして駆けつけたのに。こんな目に遭わされてもまだジャヨンと付き合うの？　誰のせいだかわかってるの？」

だが、彼は「気をつけてな」と言ったきり鉄格子を離れると、元の位置に戻って座り込んだ。もはやシニを見ようともしない。

真っ先に駆けつけて、彼を本当に想っているのが誰かを伝えたかったのに。彼女は泣きそうになるのを必死にこらえた。だが、計画の本番はこれから。すぐにジャヨンは身を引かざるを得なくなる。それまでの辛抱だ。シニは唇を噛《か》み締め、警察署を出た。


「お気楽よね。食事が喉《のど》を通るんだ？」

食堂で友人たちと昼食中だったジャヨンはその声に顔を上げた。だが、声の主であるシニはすでに後ろを向いて歩き出していた。

食堂を出たところで追いついたジャヨンは、後ろから呼び止めた。

「待って、シニ。さっき言ったこと、どういう意味？」

「あんたはヒョヌさんの疫病神だってこと。お父さまの会社が厳しい状況にあるっていうときに、あんたのせいで告訴までされたのよ」

「告訴？」

「パク・スンジェって誰？　そいつが暴行罪で告訴したそうよ」

ジャヨンは衝撃を受けた。昨日の光景がまざまざと蘇《よみがえ》る。

「ヒョヌさんは朝から牢屋《ろうや》の中だし、お母さまは心配のあまり倒れる寸前だっていうのに」

「本当なの？」

「こんな嘘《うそ》、言うわけないでしょ」

「そんな……」

「あんたには言うなって口止めされたのよ。でも、あんた一人のために大勢の人が苦しむ姿をこれから見なきゃいけないんだから、心の準備をしておいたほうがいいでしょ」

「どこの警察署？」

「知ってどうするの？」

「どこだか言いなさいよ！」

ジャヨンは声を荒げた。一刻も早くヒョヌに会いたい。彼のために自分にできることをすべてやりたい。声の勢いに思わずシニが場所を教えると、すぐさまジャヨンは駆け出していた。


警察に呼び出されたスンジェを待っていたのは、チェソン財閥グループ秘書室長という肩書きの男だった。担当刑事のデスクの前で持たれた話し合いで示談を求められたが、スンジェは頑として首を縦に振らなかった。

「できません。するつもりはありませんね。人を殴るだけ殴っておいて示談ですか？」

「申し訳ありません。補償は十分にしますので」秘書室長が平謝りする。

「拘束令状の手続きを早くしてくれ」

「若いのにそんなに意固地にならなくても」

意固地？　これも計画のうちなのさ。スンジェは心の中で冷静に計算しながらも、憤慨した顔で横を向いた。

デスクの向こうから、担当刑事が穏やかな声でスンジェに話しかけた。

「なあ、拘束令状を提出しても棄却されちまうぞ。加害者は初犯だし、身元は確実。おまけに暴行は偶発的じゃないか」

「偶発？」スンジェはわざと目を剝《む》いた。「刑事さんは加害者の肩を持つんですか？　偶発か故意か、大学で聞き込みして調べてくださいよ。それとも何ですか？　財閥の息子は優遇されるんですか？　全治四週間ですよ。この鼻を見てくださいよ。酌量の余地ありますか？」

彼はギプスをつけた鼻をこれ見よがしに突き出してみせた。秘書室長が顔を歪《ゆが》めて懇願する。

「ぜひ示談を。今回ばかりは大目に見てくれませんか？」

「拘束手続きをします！」

スンジェはいきり立つように言い放った。

話し合いが物別れになった後、スンジェが警察署のロビーで一服していると、一人の男が近づいてきてタバコの火を求めた。男はタバコを一口吸うと名刺を出した。

「示談になりましたか？」

韓城日報のカンという記者は人懐こい顔で尋ねてきた。先ほど刑事部屋で手帳を持ってうろついていた男だとスンジェは気づいた。利用価値を素早く判断し、答えることにする。

「いいえ。金で何でも解決できると思うなんて、チェソン財閥も甘いですよ」

「チェソンだって!?　詳しく教えてくれますか？」

たちまち記者が食いつき、ポケットから手帳を引き抜く。スンジェは通路の向こうをジャヨンが歩いてくるのに気がついた。罠《わな》が少しずつ締まりつつある。彼は話を始めた。

「私が自分の恋人に会うために大学へ行ったら……」


鉄格子に手をかけると、ぞっとするほど冷たい金属の感触が伝わってくる。ジャヨンは胸をふさがれる思いで、俯《うつむ》いて座っているヒョヌへ声をかけた。彼は弾かれたように顔を上げ、驚いた顔で格子まで飛んできた。

「ジャヨン。どうしてここがわかった？　シニが喋《しゃべ》ったんだな。あれほど口止めしたのに」

「どうして言ってくれなかったの？」

「君に心配させたくなくて。でも、大丈夫、すぐに出られるさ」

「ご両親は驚いてる？　心配されてるんじゃない？」

「平気さ。男なら一度くらい入ってみなきゃ」

ヒョヌは明るく笑って、鉄格子を握るジャヨンの手を掌で包み込んだ。

「それにこれは君に一切関係ないんだ。僕とあいつの問題だから、君は気にしなくていい」

「そんなこと……私のせいだもの。ごめんなさい」感情が高ぶり、思わず声が震えてしまう。

「シニにまた何か言われたな」ヒョヌが握った手に力を込める。「気にするなよ。ここを出たらすぐに電話するよ。そしたら出所祝いをどっさり持って迎えに来てくれよ。さあ、すぐに帰るんだ」

　こんな時にも笑わそうとするヒョヌの優しさに、ジャヨンはかえって悲しみを募らせた。肩を落として警察署の門をくぐったが、沈んでいては何もならない。彼を救うために自分にできることがあるはず。それは、あの男と直接会って談判すること……。

　ジャヨンは電話ボックスに入った。


　キャンパスの一角で立ち止まったまま、シニはスンジェから入った連絡を反芻《はんすう》した。ジャヨンから会いたいと電話があり、スンジェは答えを保留したという。事態は着々と進んでいるが、もう一押ししておいたほうがよさそうだ。シニは前回失敗したプランを再び頭に描いた。今度こそ成功させてみせる。

　すぐにギャラリーに行ってみると、ヒョヌの母は見るも哀れなほどに憔悴《しょうすい》しきっていた。

「お母さま、顔色がよくないわ。お昼は食べました？」

「食欲ないの」

「そうじゃないかと思った。出かけましょう。私がご馳走《ちそう》します」

母親はその元気もないようだったが、シニは何とか説得してレストランへと連れ出した。

食事が運ばれる前にトイレへ立ってスンジェに連絡を入れる。これで準備は万端。食が進まないヒョヌの母とは対照的に、シニはこれから起きることにわくわくしながら料理を平らげた。

テーブルの話題は、母親による状況の説明に終始した。

「簡単に済むと思ったのに、相手が断固として示談を拒否してるのよ」

「どうするおつもりですか？」

「令状を棄却するように手を回そうと思ってるの」

大丈夫、ヒョヌさんはすぐに出られますよ。シニが内心そう思ったとき、レストランの入り口に待ち人が現れた。ジャヨンだ。

「あらっ？」

これ見よがしに反応すると、ヒョヌの母が怪訝な顔で彼女の視線を追う。

「ジャヨン！　こっちだ！」

仕切りの向こうのテーブルでスンジェが立ち上がって言った。絶妙のタイミングだ。ヒョヌの母が目を丸くしてシニを見る。

「彼女が、あのジャヨン？」

「ええ」シニは困惑を装った。「あそこに座っているのが、例の元恋人じゃないかしら。どうして、ヒョヌさんをあんな目に遭わせた人なんかと一緒にいるのかしら？」

シニとヒョヌの母に注目されているとは知らず、ジャヨンはスンジェの向かいの席に座った。険しい表情で彼に詰め寄る。

「どうして示談にしないの？ その理由は何？」

「そんなこともわからないのか？」

「……私が理由？」

「ああ」スンジェはニヤリとしてうなずいた。「あいつと会ってほしくないんだ」

「今さら、どうしてそんなことを言い出すの？」

「言ったじゃないか。もう一度君とやり直したいって」

ジャヨンはじっと彼の顔を見た。そこに真心は見られない。

「私を好きというのは嘘ね。あなたの目を見ればわかるわ」

一瞬言葉に詰まったスンジェは吐き捨てるように言った。

「とにかくあいつと別れろ。お前には似合わない」

「あなたにとやかく言われる筋合いはないわ」

「ヒョヌと別れるなら、告訴は取り下げてやる」

これでは脅迫だ。ジャヨンは懇願するように言った。

「急に現れて嫌がらせするのはやめて。どうせ令状は棄却されるんだから、これ以上、事を荒立てないでください。示談に応じて告訴を取り下げて。お願い」

「棄却か？　それはどうかな」

スンジェは急に立ち上がった。つられてジャヨンも立ち上がる。

「ヒョヌさんと会うなと言われても、今さらそんなことできないわ。私は彼とは別れない。別れられない」

「もう一度よく考えるんだな。残り時間はあまりないんだぜ」

そう言い捨てるとスンジェはすたすたと入り口へと向かう。ジャヨンも慌てて追いかけ、会計の手前で呼び止めた。

「待って！」

そのとき、ジャヨンはそこにシニが立っているのに気づいた。隣に上品な中年女性がたたずみ、自分のほうをじっと観察するように見ている。

なぜ彼女がここに？　そしてあの女性は……。シニに目を向けると、彼女はその女性に寄り添いながら素っ気なく言った。

「こちら、ヒョヌさんのお母さまよ」

やはり……。ジャヨンは静かに会釈した。だが、ヒョヌの母は見つめていた目を冷たくそらし、無言で立ち去った。シニがすぐに追いかける。

ジャヨンはその場に立ちつくしてしまった。最悪の出会いだ。まるで謀られたような運命のいたずら。彼女は母親に謝罪したかったが、その機会すら与えられなかった。

「あれが母親か」スンジェがぽつりと言った。「息子と同じで気位が高そうだな。でも、お前をずいぶん嫌ってるようじゃないか。あんな目で見られても、まだあいつに会いたいのか？」

彼をキッと睨《にら》みつけると、ジャヨンは店を出た。


翌朝の新聞に見出しが躍った。

——財閥二世　暴行で起訴
ジャヨンがそれを目にしたのは、朝食の席だった。小さな記事ではあったが、それを見た途端、家族の誰もがわかるほどジャヨンは顔色を失った。

一方、シニは朝食後の果物を食べているとき、慌てふためいた妹に新聞を差し出された。

「ヒョヌさん、暴行罪で告訴されたの？」

妹がそう叫んだのを聞いた母親が横から新聞を奪い、家族全員とその場にいたチェ補佐官に読んで聞かせた。

議員が「まったく大した男だな」と不機嫌に言い捨てる。

「ヒョヌさんのせいじゃないわ。ジャヨンが……」

シニはそう言いかけて口をつぐんだ。

チョン家ではヒョヌの両親が沈痛な面持ちで新聞を見つめていた。秘書室長が面目なさそうに頭を下げる。

「すみません。弁護士が手を回す前に記事が出てしまいました。これで検察の協力は期待できません。記者が張りついているので人脈の利用も難しいかと」

「被害者の示談拒否の理由は何なんだ?」ヒョヌの父親が尋ねる。

「それが……例の女性のことで」

「拘束令状を申請する前に説得しろ。多額の示談金を支払ってもいい」


シニはさっそくスンジェをカフェに呼び出し、怒りをぶつけた。

「ここまでするなんてひどいじゃない。私に一言の相談もなしに」

彼女は朝刊を振りかざすと、彼の目の前に叩きつけた。スンジェが冷笑を浮かべる。

「朝っぱらから呼びつけて何かと思ったら、このことか。記事にしたのは俺じゃないぜ。新聞記者だ。なかなかうまく書けてるじゃないか。それに二人を別れさせるためにどんな手でも使えと言ったのはそっちだぜ」

「ヒョヌさんに迷惑が及んだら、何にもならないじゃない。あんたにはわからないかもしれないけど、彼くらいになると社会的な体面がとても大事なの。こんな恥をさらすような仕打ちをするなんて」

スンジェは心底可笑しそうに笑った。

「イ・シニにそんな人間的な一面があったか」

「示談にしないのはジャヨンのせい。それをヒョヌさんのお母さまが知れば十分なの。きのう現場だってちゃんと見せたんだし」

「わかっちゃいないな。あの二人を簡単に引き裂けると思うか？」

彼がそう言うと、シニはたちまち不安にかられた。

「あの二人はな、告訴くらいじゃ揺るがない。親がいくら反対したところで別れるわけはないぜ。それじゃ、元も子もないだろう？　目的達成には手段なんて選んじゃいられないんだ」

今度はスンジェが愉快そうに新聞を振りかざす。シニが眉根《まゆね》を寄せて黙り込んだとき、彼女の携帯電話が鳴った。ヒョヌの母からだった。ジャヨンの家の電話番号を教えてほしいと言う。シニは番号を伝えて電話を切った。スンジェの言う通りかもしれないと、彼女は思った。新聞に載ったせいでチョン家の動きが活発になった。恐らく母親がジャヨンに直接会うのだろう。交際をやめるよう説得するに違いない。

俄然《がぜん》、事態が好転し始めた。シニはスンジェと顔を見あわせ、口元に笑いを浮かべた。

「新聞は見た?」

指定されたホテルのコーヒーショップにジャヨンが行ってみると、ヒョヌの母はそう切り出した。ジャヨンは「はい」とうなずく。

「きのう、被害者と会ったでしょ? どうして示談に応じてもらえないのか、その理由はわかってるわね」

「いえ、あれは……」

「今度のことでうちは家名に泥を塗られ、世間体も悪くなったわ」

「申し訳ありません」ジャヨンは心から頭を下げた。

「ヒョヌとあなたの気持ちも大事だけれど、結婚となると、特にうちのように事業をしている家の場合、当事者だけの問題じゃなくなるの。何が言いたいか、わかるかしら?」

ジャヨンにはわかりすぎるほどわかっていた。それでも、気持ちに変わりはない。

「お母さま、この度は本当に申し訳ありませんでした。私のせいでご両親にご心配をおかけしました。お詫《わ》びいたします。この通り、私には至らないところもあります。でも、私たちはお互いを必要としているんです。私に努力するチャンスを与えていただけませんか？　彼に良くしてあげたいんです」

「ヒョヌが好きなの？　ヒョヌを想ってるのね？」

「はい」ジャヨンは力強くうなずいた。

「でも、実際あなたに何ができるかしら？　良妻賢母？　一般の家庭ならそれで十分かもしれないけれど、企業のトップになる人の妻は違うの。わかる？　心からヒョヌが好きなら、どうすることがあの子のためかわかるでしょ。利発なお嬢さんのようだから、あの子の将来をよりよくすることを考えてくれると私は信じてます」

ジャヨンの目から涙がひとしずくこぼれた。母親の言葉が胸に深く突き刺さっていた。二人の愛と彼の将来が両立しないと断言され、どちらをとるか迫られたのだ。母親の意向に逆らうことはできない。もう選択の余地はない。彼を愛するからこそ、彼が大切な存在だからこそ、私は……。

「返事を聞かせてくれる？」

「わかりました」彼女は震える声で言った。「……彼とは、もう会いません」

「そう、わかってもらえてよかったわ」

ヒョヌの母は席を立った。起立して彼女を見送ると、ジャヨンはそのままテーブルに泣き崩れた。

レストランを出たジャヨンはあてもなく街をさまよった。気がつくと、漢江《ハンガン》のほとりに立っていた。悠然と流れる水面をじっと眺めるうちに、また涙が溢《あふ》れ出す。

すでに気持ちは固めていたが、まだ自分自身の感情と折り合いをつけられない。川を渡る冷たい風に思わずマフラーを立てる。それを巻いてくれたヒョヌの優しさを思い出し、決心が鈍ってしまう。

ヒョヌの存在が強烈に意識される。愛しい人。私の人生に光をもたらしてくれた人。穏やかさと強さを併せ持つ彼の端整な顔を思い出すと、心が温かさで満たされる。そして、勇気も湧《わ》いてくる。彼のために行動する勇気が。

ジャヨンは泣き濡《ぬ》れた頬《ほほ》を拭《ぬぐ》った。そして近くにある電話ボックスに入ると、スンジェの番号をプッシュした。もう後戻りはできない。してはいけないのだ。

三十分後、ジャヨンはカフェのテーブルを挟んでスンジェの顔を見つめていた。なかなか話を切り出せない。目の前の卑劣な男に屈したくないという思いが湧き上がってくるが、彼女はぐっと抑えた。だが、彼に伝えるべき肝心な言葉はなかなか出てこない。

「話って何だ?」

長い沈黙に業を煮やしたスンジェが言う。その一言でジャヨンは覚悟を決めた。

「私、ヒョヌさんと別れます。だから、告訴を取り下げてください」

「本当か!?」

「嘘じゃないわ」彼女は相手の目を見据えた。「令状を申請する前に示談に応じてください」

スンジェはその場でどこかへ電話をして、告訴を取り下げると明言した。そして、その相手に会いに行くのだろう、すぐにその場を立ち去った。

ジャヨンは吐息を漏らした。これでいいんだ。全身の力が抜けていくようだった。同時に、胸の中にぽっかりと穴があいたのを感じる。

その日のうちに事態は急速に動いた。

ヒョヌは留置所から解放され、自由を得た。

スンジェはチェソン財閥グループの秘書室長から、分厚い封筒を得た。

そして、ジャヨンの得たものは空虚な気持ちと一件の伝言メッセージ。

『もしもし、ジャヨン。僕だ。今警察を出たところだ。心配してるんじゃないかと思って、車の中から電話してる。家に着いたらまた連絡するよ』

録音されたヒョヌの声は、彼女に尽きせぬ涙をもたらすだけだった。

事態の急展開でシニは二つのものを得た。

一つは、ジャヨンがヒョヌと別れると確約したという報告。

もう一つは、スンジェから手渡された大判の封筒だ。

前者は彼女の気持ちをこれ以上ないほど浮き立たせた。後者は面倒な代物だったが、気分がよいためか、母親にすんなり話すことができた。

だが、母は封筒から取り出した履歴書、成績証明書、最終学歴証明書、自己紹介書をぱらぱらと見ると、テーブルに放り出した。

「どうして、見ず知らずの人の就職をあなたが手伝わないといけないの？」

「いろいろお世話になったの。パパの会社なら一人ぐらい何とかなるでしょ？　お願いよ」

母は気の進まない顔でため息をついた。

「これでまた変なことになったら、ママはパパに追い出されてしまうわ」

「そんなことにならないから。ね、お願い。力になって」

シニは軽い調子で言った。スンジェの就職についてさほど深くは考えていない。ジャヨンの手を離れたヒョヌの気持ちをいかに自分に向けるか、そのことで頭がいっぱいだった。

夜になってもジャヨンから連絡はない。ヒョヌは再び伝言メッセージを入れた。

「どうしたの、ジャヨン？　メッセージ聞いてないの？　早く連絡が取りたい。これを聞いたら電話してほしい。待ってるから」

やがて父親が帰宅し、ヒョヌは両親の前に呼ばれた。彼は素直に頭を下げた。

「父さん、母さん、ご心配をかけてすみません」

「まったく情けない」父が疲れた声で言う。「女のために暴力沙汰《ざた》とはな」

「それは誤解です。彼女は関係ありません」

「こんな恥をかかされて、まだあの子の肩を持つの？」母が呆《あき》れた。

「若気の至りも一度はいい。だが、二度目は許さないからな。母さんから話は聞いてる。その相手ときちんと清算するんだ」

ヒョヌは顔を上げて父を見据えた。

「それはできません」

「何だと？」

「どういう意味なの？　自分の思い通りにするというの？」

今まで一度も親に反発などしたことのなかった彼の態度に、両親は驚きを隠せないようだ。

ヒョヌは臆《おく》することなく言った。

「愛する女性と結婚したいということです」

「彼女は絶対ダメ。あなたの人生の重荷になるだけよ。シニと結婚して留学しなさい。それが私たちの望んでることよ」

「僕は今までずっと親の言う通りにしてきました。でも、今回は違います。ジャヨンと一緒に留学しますから。父さん、僕は彼女を愛してるんです。僕の気持ちを尊重してください」

ヒョヌは席を立った。背後から両親の大きなため息が追いかけてきたが、振り向くことなく自室に戻った。


その夜、家庭教師先へ行ったジャヨンを待っていたのは、アルバイトの打ち切りだった。それを告げるチンテの母親にはどこか残念そうな様子が見受けられる。多分チョン家のほうからの指示なのだろう。

収入が途絶えるのは痛いが、ジャヨンは甘んじて受け入れるしかなかった。今するべきことは、こうしてヒョヌと関わりのあるものと一つ一つ縁を切り、彼の存在を生活から消していくことだ。

バス停で自宅方面へ向かうバスを待つ。行き交う人々、街の喧騒《けんそう》、夜を照らす外灯の光。それらを見るうちに、底知れぬ孤独感が押し寄せてきた。人間は一人では生きていけない。社会との繋《つな》がりがあるから、自分を自分として意識できるのだ。だが、ヒョヌと二度と会わないと決めた今、周囲からすっかり隔絶されてしまったような気がする。ヒョヌによって社会に目を開かされ、人生の喜びを実感できたことをジャヨンはまざまざと知らされ、知らず知らずに涙を流していた。

足取りも重く自宅近くまで来ると、門の前に車が停まっていた。

あっ……。気持ちの準備をする間もなくドアが開いた。ヒョヌがゆっくりと降り立つ。

「話があるんだ」

そう言って彼は歩き出した。ジャヨンは何も言えずにただついていく。無言で歩く時間は彼女に気持ちを固める余裕を与えてくれた。そして、夜景の見える高台の公園へ着いたときには、覚悟を決めていた。

「メッセージは聞いてくれた？」

「ええ」ベンチにヒョヌと並んで座りながら答える。

「じゃあ、どうして？　何度も電話して返事を待ってたのに」

「示談にできてよかったわね」

「どうして電話をくれなかった？　何かあったの？」

「今日は忙しかったの。明日連絡しようと思ってた。話もあって」

物問いたげな彼の視線を受け止め切れず、ジャヨンはじっと前を見つめたまま話し始めた。

「私、いろいろ考えてみたの。私のこと、ヒョヌさんのこと、パク・スンジェさんのこと。あなたといる時にはわからなかった。……いえ、心は揺れてたのかもしれない。パクさんに再会してから、ようやくわかったの。気持ちの奥では彼をずっと想い続けていたんだって。それに気づいてからは、ヒョヌさんに会うのがとっても辛かった」

「何を言ってるんだ？」

ジャヨンは自分を鼓舞しながらヒョヌの目を見た。

「あなたと別れたいの。そして、パクさんとやり直したい」

ヒョヌの顔に困惑が広がる。すぐに思い当たったように口を開いた。

「何かあったんだな。シニがまた？　それとも母さんと会ったのか？」

「いいえ、誰のせいでもない。私の正直な気持ちよ」

「そんな話が信じられると思う？　信じるもんか。僕の両親のことなら心配いらないよ。親の反対なんて、僕が切り抜けてみせる。僕だけ信じて待っててくれればいいんだ」

「ご両親のことは関係ないの。そう、私たちは環境が違い過ぎてる。だから障害も多いわ。前から気にかかってはいたの。気にかかりながらも、あなたの条件に憧《あこが》れていたのかもしれない。でもね、パクさんは私と同じくらい貧しくて、共通点がとても多いの。だから、彼といると気が楽で……」

「じゃあ僕と一緒の時は窮屈だった？」

弱々しい声で問う彼に、ジャヨンは小さく「ええ」と答えた。

「嘘だ」

「ううん、本当よ。彼とやり直したいの。だから私を自由にして。お願い、私と別れて」

「嘘をつくな、ジャヨン！　そんなの君の本心じゃない！」

「本心よ！　もう会いに来ないで！　電話もしないで！」

叫びながらジャヨンは立ち上がり、走り出した。

「ジャヨン！」

ヒョヌの声にも振り向くことなく、逃げるように走り続ける。彼女の目から涙がこぼれ出た。これで完全に終わりだ。二度と会うことはできない。彼は明らかに傷ついていた。それを思うと胸が張り裂けそうだったが、こうすることが彼の人生にとって最良の方法なのだ。

これでいいはず。これでいいはず……。何度も自分に言い聞かせたが、涙は一向に止まらず、部屋に戻ってからは声を上げて泣いた。夜が更けても、夜明けが近づいても、悲しみは膨れ上がり続け、苦痛が彼女を責め苛《さいな》んだ。

翌日からジャヨンは大学へ行かず、家に閉じこもった。

いよいよ「大学の顔」最終審査会が始まった。

講堂の客席を埋める学生たちが固唾《かたず》を呑《の》んで見守る中、一次審査を勝ち抜いた男女十名ずつが順番にステージに上がり、審査員の質問に答えていく。

シニも最終審査に残っていた。候補者席でライバルたちを見渡し、自分の予想が正しかったことを確認した。成績のよい子に美人はいない。大学を代表するような美貌《びぼう》と応募資格の平均成績三・〇以上は両立しないのだ。シニはそこが唯一の突破口だと思っていた。

彼女の順番が回って来た。席を立ち、姿勢の良さを心がけて優雅にステージへ上がる。一礼し、審査員に軽く微笑んでからマイクに近づいた。

「新聞放送学部のイ・シニです。どんな質問でもしてください。誠実にお答えします」

審査員席の四年生の女子が手元の資料を見ながら質問した。

「応募資格は成績の平均点が三・〇以上です。あなたの成績証明書を見ると達していないようですが?」

シニは笑顔で肩をすくめてみせた。

「私は外見の平均点が三・〇以上だとばかり思って願書を出してしまいました。すみません」

軽く頭を下げると、客席で好意的な笑いが起きた。別の審査員が質問する。

「応募の動機を聞かせてください」

「今まで他の誰にも負けないというものを私は持っていませんでした。私だけにできる何かをしてみたいのです。大学の広報活動に大いに役立てるという自信もあります」

すべての参加者のアピールタイムが終了し、審査員たちがジャッジペーパーを持ち寄る。集計が終わると、審査員たちはほとんど話し合いをすることもなく解散した。どうやらすんなり決まったらしい。司会者役の学生が彼らから一枚の用紙を手渡され、軽やかにステージへの階段を上っていく。

祈るような気持ちでシニが見ていると、司会者はマイクに向かった。

「では、発表いたします。男子学生一名、女子学生一名が決まりました。まずは男子から……法学部三年生、ミン・ソンギ！」

候補者席から男子学生の一人が「うおー」と雄たけびを上げながら立ち上がった。たちまち客席から笑い声と拍手が沸《わ》き起こる。彼はそれに応えて両手を大きく振り、一礼してみせた。

司会者が咳払《せきばら》いして注目を集める。シニは緊張して次の言葉を待った。

「女子は……新聞放送学部二年生、イ・シニ！」

彼女の顔がぱっと明るくなった。興奮が体中を駆け抜ける。会場につめかけた学生たちが一斉に拍手をする中、彼女は飛び上がりたいほどの喜びを抑えて上品に微笑んだ。

その夜、リビングに家族全員が揃《そろ》ったとき、シニは「大学の顔」に選ばれたことを報告した。

「やったじゃない」母はわがことのように喜んだ。「あなたは外見は私似だからね」

「お姉ちゃんの大学ってロクな人がいないのね。お姉ちゃんが選ばれるなんて」

妹がわざと憎まれ口を叩くと、母親が「これ」とたしなめる。

「言ってなさいよ」シニは口を尖《とが》らせた。「苦しい戦いを勝ち抜いたのよ。競争率だってすごく高かったんだから」

父親が新聞から目を上げた。

「今の大学はよくわからんな。しかし、まあ……よくやった」

シニは耳を疑い、すぐに顔をほころばせた。珍しく父が褒めてくれている。高校一年の時にジャヨンが来て以来何かと冷たかった父が、ようやく私を認めてくれた。彼女には選ばれた栄光よりも父の態度が何よりも嬉《うれ》しかった。

「大学を世に知らせる役目だ。いっそう勉学に励むんだぞ」

父の言葉にシニは上機嫌で「はい」と返事した。


一方、同じ家の地下ではジャヨンが母を手伝って夕食の準備をしていた。今日も大学へは行かず、一日中部屋でぼんやりしたり、家の仕事をしたりしている。

兄ヨンチョルは株式でまとまった金を作ることに成功し、商売の準備を始めようとしているところだ。ようやく顔にも明るさが戻った。ジャヨンにとっても嬉しいできごとだが、今の彼女には喜びを表す余裕はない。

居間のテーブルで豆モヤシのひげ取りをしているとき、電話が鳴った。ジャヨンはハッと緊張して、母に懇願するような表情を向けた。

「もし男の人なら、私はいないことにして」

怪訝な顔で母は電話を取った。

「もしもし。……ジャヨンですか？」娘の視線を受けながら首を振って答える。「いいえ、いませんよ。……さあ、それはわかりません」

電話を切ると、母は娘の顔を心配そうに覗《のぞ》き込んだ。

「どうして居留守なんか使うんだい？」

「彼氏と喧嘩《けんか》したな？　そうだろう？」兄が混ぜ返す。

「違うってば」

再び電話が鳴った。たちまち彼女の肩がびくんと震える。

「もしもし、誰？」電話に出た母の顔が急にほころんだ。「あらあ、本当に久しぶりだね。一度遊びにくるといいよ。ちょっと待っててね」

母親が子機を差し出す。相手はウンシルだった。久しぶりに声を聞きたくなったという。母親が営む惣菜《そうざい》店の手伝いを始めて大忙しのウンシルとは、レストランをクビになって以来二度しか会っていない。無性に顔を見たくなり、ジャヨンは彼女と外で会うことにした。

バス停で待っていると、到着したバスからウンシルが飛び降りてきた。満面の笑みを浮かべている。彼女を見てジャヨンは気持ちが和んだ。

「久しぶり」

「元気だった？」

ジャヨンは彼女を飲みに誘った。お洒落《しゃれ》で明るい店に入り、カクテルで乾杯してから、ジャヨンはここ数日の出来事をすべて話した。

「さっき顔を見たとき、何か元気ないと思ったのよ。そんなことがねえ……」

ウンシルがテーブルに身を乗り出す。

「でもさ、昔の嫌な男やヒョヌさんの母親に言われたぐらいで、あんた別れちゃうわけ？」

「それで別れたんじゃないわ。彼のお母さんに会っていろいろ言われたことが、すべて正論だと思ったの。私にはそれ以上何も言えなかった」

「それは親の意見でしょ？　あんたたちの気持ちはどうなのよ？」

「だって……私は彼に何もしてあげられない。その辛さがわかる？　与えるものがなければ、本当に欲しいものも手に入らないのよ」

ウンシルはじれったそうな顔でさらに身を乗り出した。

「ねえ、恋愛は商売とは違うのよ。あげるものが何もないからって愛を諦《あきら》めるの？　それじゃ、貧乏な家の女は貧乏な男としか結婚できないじゃない」

「そうじゃなくて、愛すれば愛するほど相手に何かを与えたいと思うの。彼は十分過ぎるくらい与えてくれた。でも、私は何もしてあげられない」

「あんたの気持ちもわかるけどさ、一人で決着つけるのはよくないと思う。恋は二人でするものなのに、あんた一人の手で終わらせるなんて」

「ヒョヌさんの人生の足手まといになりたくないの」

「バカなこと言ってる」ウンシルは怒ったように言った。「ヒョヌさんの気持ちはどうなるのよ。こうなるのを彼が望んでるとでも思ってるの？　自分一人で勝手に別れようなんてさ。それに、あんた自身はどうなの？　彼と別れていいの？　本当にいいの？」

親身な友人の言葉に、ジャヨンは目頭が熱くなってきた。彼女の言う通りだ。自分の本音と折り合いなどこれっぽっちもつけられていない。

「ううん。よくない」ジャヨンは泣き声まじりに言った。「彼とすごく会いたい。電話が来るとすぐにでも会いに行きたいし、声だけでも聞きたい。ウンシル、私はどうしたらいいの？　会いたくて、会いたくて、おかしくなってしまいそうよ」

「なのに、どうして？　彼だって別れたくないはずよ。わざわざ二人で辛い目に遭うことないじゃない。もう一度会いなさいよ、ジャヨン。ね？」

そうしたい。本当はそうしたい。ジャヨンは大粒の涙をポロポロとこぼした。ウンシルの優しさ、そして、どうにもならない愛の行方を思い、彼女は泣けて仕方なかった。

ウンシルと別れを告げて帰宅してからも、ジャヨンは部屋に座り込んでむせび泣き続けた。彼女に言われて気がついた。ヒョヌのためを思っているつもりだったが、本当に彼の気持ちを考えていただろうか。あえて考えまいとしていたのかもしれない。

このまま別れて、もし万が一、彼が私に思いを残したら……。彼女はヒョヌが公園で見せた悲痛な表情を思い出した。彼を傷つけるようなことがあってはいけない。傷つくのは私だけでたくさん。

不意に部屋に電子音が響いた。机の上に放り出しておいたポケベルを取ってみると、伝言メッセージの着信を告げている。きっとヒョヌからだ。ジャヨンは部屋に置いてある子機に手を伸ばした。別離が決定的であっても彼の声を聞きたいという欲求には抗えない。

番号をプッシュし、再生のボタンを押すとヒョヌの声が流れ出した。

『もしもし、ジャヨン。今、十時だ。あと一時間後に家の前に出てくれないか？　でないとインターホンを押して直接家に行くよ』

大学を休み始めて以来ヒョヌからは何度も電話が来たが、そのたびに居留守を使っている。彼はとうとう強硬手段に出ることにしたようだ。

ジャヨンは部屋の時計を見た。十時を少し回ったところ。あと一時間もしないうちにヒョヌがやってくるのだ。自然に気持ちが浮き立ち、化粧台の鏡を覗き込む。ずっと泣き通しで乱れた髪をとめようと、彼から贈られたカチューシャに手を伸ばしたとき、ハッと気づいた。何をしているの？ 彼と会おうとするなんて。彼女は胸に灯った炎を慌てて消した。

だが、どうすればよいのだろう。門の前に出ていなければ彼が家の中にまで押しかけてくる。そうなればうちの家族のみならず、シニの家族も巻き込んで大変な事態を引き起こしてしまう。

ジャヨンは急に思いついて子機を握り、番号をプッシュした。

「もしもし、ジャヨンです。話したいことがあります。今すぐ家の前に来てくれませんか？」

「こんな時間にか？」驚いた声でスンジェが応える。

「ええ、お願いします」

十時五十分過ぎにジャヨンは家族に聞こえぬようそっと玄関を出て、地上への階段を上がった。門の鉄扉を開けると、すでにスンジェが来ていた。他に人影は見えない。

「よう、元気だった？ お前のことが心配で電話しようかと思ってたんだ」

悪びれもせずに言うスンジェを、ジャヨンは冷ややかに見つめて言った。

「思い通りになって、嬉しいんでしょ？」

「あいつと釣り合うと本気で思ってたのか？」彼が冷笑を浮かべる。「意外と愚かだな」

ジャヨンは唇を噛んだ。

「ところで、何の用があって電話したんだ？」

「用がなくちゃ電話しちゃいけない？」

「いや。別にそんなことないけど……」

そのとき、通りの向こうから車がやって来るのが見えた。ヒョヌの愛車だ。スンジェの後方にそれを確認したジャヨンは、いきなり彼に抱きついた。

「何だよ、急に？」

スンジェは驚いて体を離そうとしたが、ジャヨンはぎゅっと彼にしがみついた。

「少しだけこうしていて」

そう囁《ささや》くと、彼は動きを止めた。だが、彼女の気持ちをはかりかねているようで抱き止めようとはしない。

彼の肩越しに見えるヒョヌの車は、十数メートル離れた場所で静かに停止した。車内の様子は暗くてわからないが、こちらを窺《うかが》っているのは雰囲気でわかった。スンジェと抱き合っているのを間違いなく目撃したはずだ。

車はおもむろにバックした。そして、すぐ先の十字路に差し掛かったところで切り返しターンをし、猛スピードで走り去った。

その音にスンジェが振り返る。誰の車か気づいた彼は、この突然の行為の意味を理解した。

「お前……」

直後にジャヨンは目の前の男を突き飛ばした。ヒョヌが行ってしまえば用はない。茫然《ぼうぜん》としている彼をその場に残し、彼女は門を入って鉄扉を閉めた。一目散に部屋に戻ったときには、すでに涙が頰をつたっていた。これでヒョヌの気持ちも冷めるはずだ。私に思いを残すことなく、別れを受け入れられるに違いない。唯一の気がかりがこれで消え失せる。

これでいい。これでいいのだ。

だが、ジャヨンの心は悲しみに引き裂かれ、深紅の血を流していた。


（下巻につづく）

本書は、韓国ＭＢＣ放送のドラマ「真実」の脚本を翻訳し、小説にしたものです。
番組とは内容が異なるところがあります。ご了承ください。

著者紹介

入間眞　Shin Iruma

1959年東京都生まれ。早稲田大学卒。家電メーカー勤務を経て、フリーランス・ライターに。編訳書に「ライ麦畑をさがして」「グッバイ、レーニン！」「死者の夜明け　ドーン・オブ・ザ・デッド」など。

狐怪談

「狐よ、狐、私の願いを叶えて……」少女は惨劇の中で幸せでした……。
韓国ホラーの大ヒット作の小説化。

キム・スアほか［脚本］　的田也寸志［著］
文庫判・カラーグラビア８頁付・定価６２０円（税込）

7月下旬発売予定

リメンバー・ミー

無線機が過去と現在をつないだ時、時空を越えた愛は始まった……。
感動のラブストーリー。

ホ・イナ［著］　徐正根［訳］
文庫判・カラーグラビア８頁付（予定）・定価６３０円（税込）

7月30日発売予定

真実[上]

脚本……………………キム・イニョン
著者……………………入間　眞

ブックデザイン………下山　隆
編集協力………………梅田聡子

2004年7月7日　初版第1刷発行

発行人…………………高橋一平
発行所…………………株式会社竹書房
〒102-0072　東京都千代田区飯田橋2―7―3
電話 03-3264-1576　http://www.takeshobo.co.jp
振替 00170-2-179210

印刷所…………………凸版印刷株式会社

 ISBN4-8124-1720-1 C0174　Printed in Japan